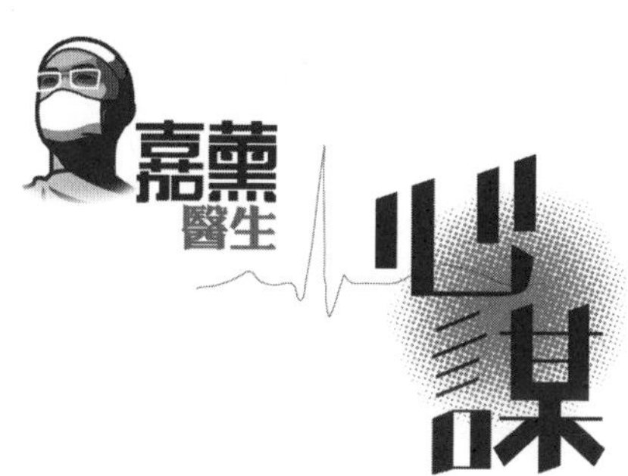

陳嘉薰　著

嘉薰醫生　心謀
作者／陳嘉薰
總編輯／馬鎮梅
責任編輯／陳俊珊
美術設計／ahko
出版發行／突破出版社
香港沙田亞公角山路33號突破青年村
電話：2632 0000　傳真：2632 0388
電郵：breakthrough@breakthrough.org.hk
網址：http://www.breakthrough.org.hk
http://www.btproduct.com
承印／陽光印刷製本廠
2012年6月初版1刷
2014年1月初版2刷
版權所有 © 2012 突破有限公司

Dr. Gavin, the Truth Behind Facts
by Gavin Chan
First Printing, First Edition, June 2012
Second Printing, First Edition, January 2014
Copyright © 2012 by Breakthrough Ltd.
All Rights Reserved
Printed in Hong Kong
ISBN 978-988-8073-61-0

本書經文取自《新標點和合本》，版權為香港聖經公會所有，承蒙允准採用，特此鳴謝。

誠邀閣下就突破出版社的書籍發表意見

歡迎加入突破書籍 Facebook — http://www.facebook.com/btbooks

本書採用環保油墨印刷

感謝上帝

我的妻子、父母

他們的愛

救贖了我

准許我進入醫業時：我鄭重的保證自己要奉獻一切為人類服務。

1

楚醫生行色匆匆推開大門，踏進報告室，瞄瞄徐醫生的座位。

「嗯，Cherry 呢？」他指着空椅。

何 Sir 正好找我，望他一眼，答：「剛出去了。」

我補充：「今早她要教書。找她有事嗎？」龍頭醫院隸屬教學醫院，這裏的醫生要兼任講師，為醫科生授課。

「啊，也沒有。」楚醫生尷尬的站着傻笑，右手摸摸後腦勺，神經質的轉過身來，把後腦勺向着我們，問：「你們看，好一點沒有？」

我和何 Sir 面面相覷。每隔幾天，他一遇上我們，便會叫住我們為他評估壓在頭上的大問題，希望會聽到好消息。

但每次都換來我潑出的冷水：「還是差不多！」這種男性禿髮現象，在短短幾天，根本不會有多大分別。

「我看，比上個月稀疏多了！」何 Sir 更不留情面。

「真的？沒半點好轉？大鼻明星真會騙人！那洗髮水好貴喲！」楚醫生憤憤不平。

「我勸你別胡亂相信洗髮水廣告，要和『地中海』說再見，倒不如吃特效藥，」何 Sir 瞇眼一笑，「但好朋友提醒你，藥物有副作用，會造成性障礙，你得想清楚才好。」

楚醫生興致來了，就拉開椅子一屁股的坐下來，下定決心似的說：「所以我考慮植髮，只要忍一時手術之苦，就可以成就永遠的幸福！」說罷還露出一副「好不好」的表情。

「你是否快做哪家整容醫療所的代言人？」

我接上：「但每一根頭髮盛惠三十元起，另加雜費，所費不菲呢！《聖經》有云，艷麗是虛假的，美容是虛浮的——」這《聖經．箴言》的說話，被何 Sir 的「呵欠」打斷：「楚醫生堂堂專科醫生，金錢事小，終生幸福事大。快從實招來，你找徐醫生有什麼大事？該不是要她為你評估禿頭吧？」

楚醫生又瞥一眼徐醫生的座位，結巴的回答：「也沒什麼。既然人不在，就交給你跟進吧。」他把手上的報告交給我。

報告上印着「糞便檢測——根霉菌（Rhizopus）」。

根霉菌又稱毛霉菌，屬毛霉目的真菌，是引致食物發霉的一種黴菌。真菌的孢子存在於變壞的食物和木製材料中，多屬吸入性或接觸感染，但只有當免疫力處於嚴重低水平時，才有機會受到感染，疾病罕見，死亡率卻很高。

在病理科工作了十多年，我只遇過兩宗毛霉菌病案，上次是差不多兩個月前，也是從糞便中檢測出來；而前一次已是大約十年前的事，屬吸入性肺部感染。

嗯？我馬上意識到不對勁。

兩個月內發生兩宗毛霉菌個案，已極不尋常，更奇怪的是，毛霉菌多經呼吸道傳染，感染肺部，現在接連在糞便中發現毛霉菌，顯示是腸道感染。

「同時出現兩宗腸道毛霉菌案，什麼意思呢？」我嘀咕，心想腸道為什麼無端感染？尋找病源是主要的研究方向。

楚醫生拍我的肩膀：「表示你六合彩中獎了。」

何 Sir 本來對什麼霉什麼菌並不感興趣，但一聽到六合彩，眉一揚，說：「或然率這麼低？今晚一定要到投注站碰碰運氣。」

事件似乎並不簡單，但有一點我不明白，便問楚醫生：「你給我這份報告幹啥？應該交給主診醫生跟進治療吧？」

「培植真菌需時，報告今早出爐，可惜病人在四天前離世了。」

「有解剖嗎？」

楚醫生搖頭。

我本能地察覺到不妥當，就立即撥電話給殮房主任，才知道親屬剛領取遺體，今晚舉殯，明天安排火化。

楚醫生又煞有介事的說：「肥朱告訴我，還有一個在加護病房接受治療的病人，糞便樣本中，初步檢測同樣驗出毛霉菌，有待確診。」

肥朱是微生物科醫生，跟楚醫生同屆畢業，分屬好友。

「三個人？看來我們中的是金多寶才對！」何 Sir 的語氣毫不興奮，反而沉重得像身上綁了好幾個鉛球。

「這份微生物報告就交你處理。」楚醫生見徐醫生仍未回來，準備離去之際，倏地想起什麼似的，問道：「Cherry 下個月回歸母院去，你們安排了歡送會嗎？」

徐醫生隸屬於政府法醫部濟民公眾殮房，由於與龍頭醫院關

係密切，那裏培訓的醫生多會被派來龍頭醫院實習。龍頭醫院畢竟是大醫院，可讓法醫官接觸不同案例，掌握更多更複雜的病理檢驗技巧，幫助蒐證。

不知不覺，這趟外調已快半年了，徐醫生也從對病理科一知半解，變成一個成熟穩重的醫生。

「這麼早就安排？」何 Sir 搶白，「難不成你要預先排練耍雜技跳火圈？」

「嘉薰醫生，如果歡送會需要幫忙的話，包在我身上。」楚醫生無視何 Sir 的揶揄，就步出報告室。

「放心，歡送會一定預你。」何 Sir 高聲說，目送他離開，還笑着囁嚅：「楚醫生真有意思。」

我沒把他的話聽進去，只語帶欣賞的說：「毛霉菌報告，要勞煩毒理科醫生親自送遞，楚醫生人真好！」

何 Sir 使勁推我的頭一下：「你別裝蒜。」

「嗯？」

「我問你，除了人好，還有什麼原因會令一個毒理科醫生把肥朱醫生的微生物報告從老遠送來？還不是找個藉口見徐醫生一面，借討論案件為名，實則想親近親近。這叫愛情的魔力。」

「你想多了吧。」我沒好氣。其實，楚醫生對徐醫生「蠢蠢欲動」，有迹可尋，但我不想在他背後説三道四，就轉身對着電腦，閱讀死者的病歷，以及一些毛霉菌的資料。

「你看他，連白袍也沒穿上，一身 Armani 恤衫西褲，紅色領帶，塗 CK 男士魅惑系列古龍水，還不是想吸引徐醫生？你沒看到，當知道徐醫生不在時，他的眼神多失望。或者，我們可以幫忙幫忙，別誤了他的終生大事……」

何 Sir 絮絮不休，但在背後談論人家的感情事有點缺德，我立即打斷他：「何 Sir，我想為這個病人解剖。」

他瞪眼：「嘿！他已經在殯儀館，明天要火化了。」

「所以我需要警方介入，向死因裁判官申請，把遺體轉送回來。」

「真的有需要嗎？好麻煩呢！」何 Sir 擺出一副不感興趣、不好惹事端的樣子，檢起枱上的《生果日報》。

報章頭版報道了一名感染乙型流感的兒童因延誤醫治而死亡，死者家屬和病人權益組織擾攘着要向醫院索取賠償；報章用了大量篇幅，言之鑿鑿且鉅細無遺的報道：急診室如何罔顧小童健康，把腦膜炎當作流感醫治，令兒童返家休息一天後病發身亡；醫護人員又推卸責任、態度囂張云云。這類譁眾取寵兼且煽情的報道，總是流於偏頗，向某一方面的意見傾斜，但事實果真如此？由於事件已交死因裁判法庭處理，醫院只表示流感會併發腦膜炎和心肌炎，不作其他回應，這令真相更顯撲朔迷離。是藥物反應？是流感併發症？還是醫療失誤？讀者只看硬幣的一面，猶如瞎子摸象，無法了解事件背後的真相。

一切惟有待解剖後在法庭上分解。

何 Sir 一邊掀報紙一邊喃喃自語：「人死了，就別再驚動死者和親屬吧，又不是你的病人，多一事不如少一事。」

何 Sir 的話不無道理，現在風平浪靜，倘向死因裁判官申請轉送遺體，牽連可大，法官、警方、親屬、死者主治醫生、殮房員工、殯儀人員，甚至運輸車和費用等，都要安排，大費周章。

我別過臉，對着電腦上的毛霉菌資料，卻看不下去，內心掙扎應否打退堂鼓。

何 Sir 眼角斜望我，知道我有點動搖，繼續「開導」我：「解剖知道真正死因又如何，對死者家人有幫助嗎？作為好朋友，我勸你別多此一舉，總之多做多錯，少做少錯！唉，看你婆婆媽媽，你就當報告遲一天才出爐，死者已經火化，不就行了嗎？幫自己輔導一下，心理就平衡了……。」

火化？兩個月前的死者，就因為報告在他火化後才發出，無法跟進。

我要容讓這樣的事重複發生嗎？這會引致更多病人受害嗎？若是如此，解剖的意義可就更大，甚至無法迴避。

我指着電腦屏幕上的資料説：「何 Sir，按以往經驗，一而再出現腸道毛霉菌案件，表示源頭很可能在醫療系統上，如醫院環境、醫療用品、供應病人的食物和飲料等。我們必須及早找出毛霉菌的源頭，上一個病人未有剖驗便火化了，這次更不能放過追查的機會，不可以一錯再錯。」

何 Sir 走近看屏幕上的圖片，是受毛霉菌感染的病人痛苦的模樣，和一個個潰爛的傷口，就皺起眉：「真的那麼可怕？」態度開始軟化，明白我的苦衷，看了看腕錶，仍在猶豫：「但現在已經九點半，時間太緊迫了。」

「解剖報告可為死者討回公道，而且一旦弄清楚毛霉菌的來源，更能防止再有其他病人感染這致命真菌。我們得想想辦法。」這是我的堅持。

「向法庭提出申請，也得出師有名。」

「好，我們就以公眾利益為由，向法庭申請緊急解剖！」

「虧你想得出這個理由。把這頂大帽子扣給我，我不答應，日後再有人因毛霉菌死亡，我豈不間接犯了謀殺罪？」何 Sir 哈的拍拍屁股走了。

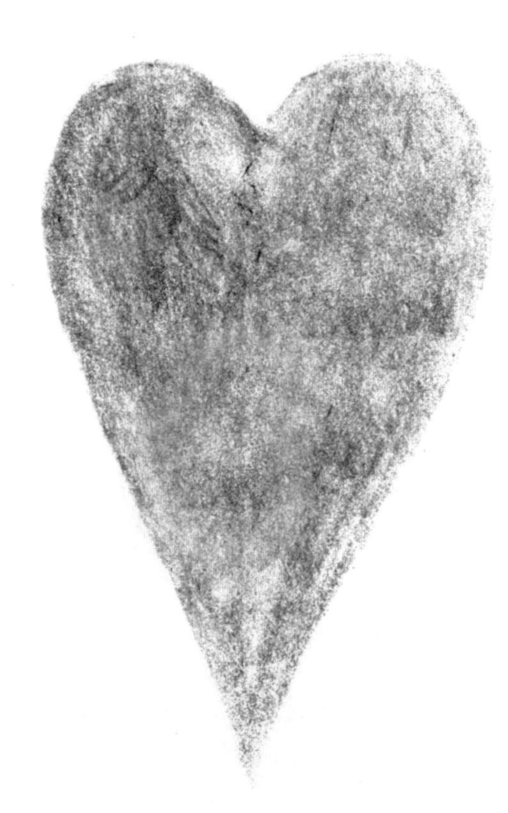

我將要給我的師長應有的崇敬及感戴。

2

偌大的演講廳內，徐醫生站在台上，對着一百七十多雙眼睛。

燈光徐徐地給調暗，今早的法醫課題目是「證據〈一〉：引言」，除了法醫學的基本概念外，還闡述一些警方常用的「軟性」證據，如測謊機、專家證人和供詞等。

熒幕上出現了一台銀色機器，如書桌般大，上面有十多個按鈕，仿如一座控制台。機器接駁電線和膠管，連接量血壓的綳帶、套在手指上衣夾般的量度器，以及圍住胸膛的筒形魔術貼，機身一側吐出一張長長的紙條，列印出幾條跟心電圖一樣的軌迹，本來只泛着淡淡漣漪的線段，頃刻如暗湧般捲起波瀾，兩分鐘後又回復平靜。

「測謊機是藉着記錄人體狀況，窺探人的情緒變化，從而推斷答話的真假。」紅色激光點在熒幕上游移：「這膠管連接的套子會纏在疑犯的上臂……這呢，接駁到手指尖，而這個筒形裝置，用來圍住疑犯的胸膛。警方向疑犯盤問的同時，會量度他的心跳、血壓、呼吸、流汗等變化，評估撒謊的可能性。」

徐醫生緩緩地走近前排左邊一位男同學身旁。今天她特意提早到達演講廳，細心觀察同學進場的表現。這位男同學與身旁的女同學手拖手進入演講廳，明顯是公開的一對，上課時男同學不時口咬筆桿，目光在熒幕和筆記之間來來回回，只是當他的目光落在身邊的女同學時，總會深情凝目，女方也會報以嫣然微笑。

「請問你叫什麼名字？」徐醫生把麥克風遞近男同學。

男同學有點錯愕，答道：「Ronnie。」

「你身旁的女同學呢？」

男同學望身旁一眼：「周詩允。」

徐醫生把麥克風遞向女同學，高聲問：「周詩允，你喜歡Ronnie嗎？」

這話立時惹來哄堂大笑，女同學滿面通紅，垂下頭，沒有作答，輕輕依偎在Ronnie肩膀。

徐醫生沒有勉強她，轉身向着熒幕繼續講解：「警方的盤問技巧很重要，一旦問出疑犯心裏的祕密時，便會激起他的情緒反應，反映在測謊機上。像周詩允同學，她剛才的反應，就跟這一

樣——」紅色的激光點圈住熒幕中紙條上波濤洶湧的一段，「表示企圖逃避某個問題或答案。」

同學們又「哈哈」笑了。

徐醫生一邊走回台上，一邊說：「有支持者表示，測謊機能有效測試出九成的撒謊疑犯，但一些專家卻認為，測謊機只是一種測試壓力的方法，未必與說謊有關。當人受到壓力和焦慮困擾時，即使他說實話，也可能出現跟撒謊一樣的現象，這就是所謂的『假陽性』。你們聽過台灣的『江國慶案』嗎？」

徐醫生輕輕舉起手，示意同學聽過的話請舉手。

對這宗轟動司法界的案件，徐醫生預期至少該有幾個人點頭表示聽過吧，但演講廳內鴉雀無聲，昏暗的燈光下，是一張張迷茫的臉。

於是，她惟有從頭說起。

1996 年 9 月 12 日台北市一名五歲女童被姦殺，陳屍在廁所後方的水溝內。在巨大的輿論壓力下，專案偵辦小組迅速偵查，結果發現五名有涉案嫌疑的犯人，偵辦小組為疑犯作測謊檢測，結果只有江國慶一人未能通過測試；為了加速破案，這陽性結果成了重要證據，偵辦小組連續進行了三十七小時的疲勞訊問和刑求逼供，最終江國慶承認犯案，並寫下自白書。江國慶罪名成立，於 1997 年 8 月 13 日被槍決。

雖然江國慶在審判時曾企圖推翻口供，聲稱是遭到刑求逼供才承認犯案，但不得要領。他死後三年，竟出現了一些新的證據和嫌疑犯，專案小組於是重新鑑定證物，證實當初誤判，元兇被判十八年有期徒刑。

徐醫生簡略把案件交待，總結說：「因測謊檢測的假陽性，最終導致江國慶冤獄判死，因此這案又稱『江國慶冤殺案』，而這宗冤獄錯殺案涉及的補償金，高達台幣一億多元。」

同學都留心聆聽，神情繃緊，徐醫生想，氣氛未免太過嚴肅了吧。這時，她看見 Ronnie 的手緩緩舉起，揚聲問：「徐醫生，如果警方不是鍥而不捨，重檢證據，就沒有得出真相，也就避過司法界蒙羞和巨額賠償，對不？」

徐醫生點頭，真理和公義，有時是一條迂迴曲折的路，就說：「實踐公義，有時的確要付出高昂的代價，但我們必須加以維護，因為公義是法醫學的基石。況且，錯誤帶來的陣痛可以成為日後改善制度的借鑑。」

Ronnie 豎起拇指，擺出「Like」的手勢，表示同意，又繼續問：「測謊檢測的結果似乎不可盡信，除了假陽性，也有假陰性吧？」身旁女友碰他一下，啐一口：「真是問題青年！」

徐醫生借機把語調放輕鬆：「只要稍作訓練，人就能學會如何瞞騙測謊機，造成假陰性。譬如說，一個花花公子，當人問他喜不喜歡身邊的女友時，他可以很自然地給一個標準答案，即使違

心，測謊機也未必可以驗證出來。」她笑着說：「怎樣，周詩允，你想測試 Ronnie 嗎？」

徐醫生幽了 Ronnie 一默，同學們的目光都往這對情侶掃射，同時很用心去理解當中意義。

原來，人內心一角的祕密，有時是無法顯明的。

「因此，許多國家的法院都不會引用測謊機的數據，作為呈堂證供，但它仍是警方常用的手段，提供查案的方向。」徐醫生瞄一瞄手錶，時間剛好。「至於其他更有力的驗證方法，留待下一堂再說。」

醫科生魚貫離開，徐醫生鬆一口氣，開始收拾講義。下一堂延續課為「證據〈二〉：基因驗測」，由嘉薰醫生授課最好不過，他該有不少有趣案例可以跟同學分享吧！

這堂課之後，不知何時再有機會在這演講廳授課。在龍頭醫院快半年，處理過不少案件，知識的確增廣許多，眼界也開闊了，又認識了不少朋友，才發現原來病理科還細分那麼多專業範疇——組織病理科、毒理科、微生物科、化學科、血液科、免疫遺傳科……由不同醫生、科學家主理，相比起自己所屬的醫院，這裏資源豐富得多，要處理的病例和案件也較複雜棘手。

半年的實習，她對龍頭醫院產生了不捨之情。在這裏，有機會和不同的病理科專家切磋砥礪，有時還會討論得面紅耳赤，從中教曉她不少蒐證方法、解剖技巧和法醫知識，豐富了經驗，也是她寶貴的回憶。她不會忘記每一宗案件，尤其是嘉薰醫生的教導，每當有人稱讚她成長了，處事成熟了，除了回敬謝意，她腦海中還會浮現嘉薰醫生的影子。

「Cherry ！」正要離開演講廳，身旁響起一聲招呼。

「嗯，楚醫生，你怎會在這裏？」徐醫生感到愕然。

「剛才我去報告室，本想和你討論一宗病案，才知道你來了講學。」楚醫生顯得彆扭，緊張的說：「你叫我 Donald 就行了，楚醫生 —— 怪見外的。」

「Ronald？沒聽說過呢！」

「是 Donald，不是 Ronald，光頭 D。這是中學時起的英文名。」他邊說邊摸摸自己的頭頂，教徐醫生忍俊不禁。

「剛上完課，口渴嗎？一起去餐廳喝杯咖啡嗎？」楚醫生一緊張就口齒不靈，舌頭打結。

徐醫生明白楚醫生的心意，這三個月來楚醫生不時借故找她，她是知道的，只是在她心中，楚醫生只是好師兄、好朋友。

但現在不好直接把自己的想法說明，太煞有介事了吧？保持現狀就好，何必令人尷尬呢？況且她也快離開了，於是婉轉的推搪：「不好意思，我還有報告等着做，要趕回報告室。」

「那……那……這個請你。」楚醫生把收在背後的手伸出來，遞上一盒茶包，「我留意到你喜歡喝茶，這牌子的茶據説清熱又養顏。」

原來早有預備！徐醫生有一陣感動，接過盒子，略讀包裝上的説明，又舉起晃動：「謝謝，好名貴呢！合用！」

這時傳來悠揚的鈴聲，徐醫生掏出iPhone，來電顯示「嘉薰醫生」。

「不好意思，看來我要走了。」她向楚醫生揮手，邊走指尖邊在屏幕上橫撥一下，傳來嘉薰醫生的聲音：「徐醫生，今天下午可以幫忙解剖嗎？」

徐醫生頓了半秒，答：「下午沒課，該沒問題。這麼急，什麼案件？」

「謝謝。是一宗腸道感染毛霉菌的個案，法庭剛批准解剖，遺體正要從殯儀館轉送過來，傍晚前我們必須把遺體送回殯儀館，讓家屬舉行喪禮。可是下午我要開會和上病房一趟，但可以督導你剖驗……唔，這案件有些複雜，午膳時段有空嗎？我可以先和你討論一下，定下剖驗的方向。」

「好！一小時後餐廳見！」徐醫生爽快回答。

可以和嘉薰醫生一同處理命案，她特別高興，每次她都學到許多東西，這趟遺體還要從殯儀館轉回來，進行緊急解剖，且必須在喪禮前送回，看來很具挑戰性呢！真要好好珍惜最後的學習機會……

徐醫生一手捧着測謊機的講義，一手拿着茶包盒子，期待和嘉薰醫生在餐廳相聚討論案件。

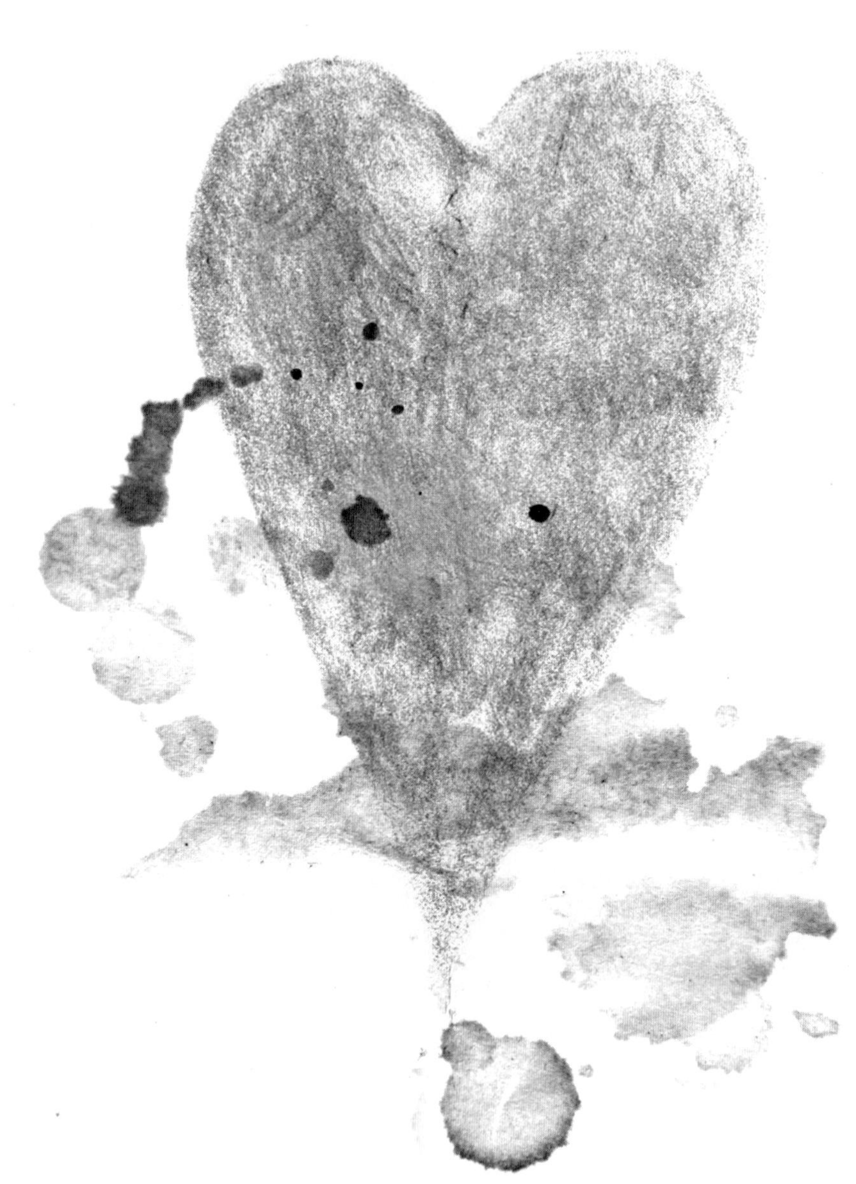

我將要憑我的良心和尊嚴從事醫業。

3

早上九點，司徒永熙教授嚥下要打的呵欠，再次來到加護病房四號牀旁邊，翻閱最新報告。從昨夜到今早，這已是第五趟。

司徒教授身材高挺，五官端正，鼻樑上掛着金絲眼鏡，看來像腦裏有許多念頭轉動着。他平時不苟言笑，喜怒不形於色，話不多，卻言簡意賅，給人一種深沉穩重的感覺。昨夜他幾乎沒睡，每隔一個多小時便進入加護病房，觀察陷入半昏迷狀態、套住氧氣罩的中年男子的情況，再寫下處方和抽血檢驗，評估面前男子的身體變化。

身為講座教授，還要廢寢忘食的醫治病人，委實少見，醫護人員對此卻並不奇怪，甚至一些被他醫治過的病人，也只有懷着感激的心去接受。司徒教授一向對病人愛護有加，為病人不辭勞苦，每趟治療親力親為，病人情況一旦出現變化，例必親自跟進；更曾因發明嶄新的肝癌切除手術，贏得「香港第一刀」的美譽。

一小時前送檢的血液樣本顯示，病人體內含氧量已降至危險水平，情況嚴峻，不能再等。

「呼吸衰竭」，他咂一下舌頭，在牀邊作出診斷，然後急步走向護士崗，吩咐：「四號病牀崔雄需要插喉，快準備。立即為病人靜脈注射麻醉誘導劑和肌肉鬆弛劑。」並在藥單寫上「Etomidate 1.2 mg, Succinylcholine 40mg. Stat（立即執行）」，舉起排板向站崗的男女護士一揚，示意他們照做。

站崗的護士們聽見，仿如啟動了電腦程式，沒回應一聲，也沒遲延半刻，女護士快步走向加護病房側的診治室，從層架上取下一個布包，放在銀色的鐵車上，咕轆咕轆的推向四號病牀。

兩位男護士來到病牀邊，一個熟練地捧着藍色塑膠托盤，上面盛着三支分別注滿麻醉藥、鎮定劑和肌肉鬆弛劑的針筒，沿點滴注射入病人體內，另一個則同步解除病牀輪子的固定掣，把病牀緩緩推出，像一輛慢慢駛出泊車位置的轎車，牀尾比由其他病牀排成的水平線凸出一公尺。

牀邊的監測器已不耐煩地發出「咇——咇——」的催促聲，司徒教授側身竄進牀頭一公尺見方的空間，把牀頭的欄柵放下時，女護士正好打開一包插喉儀器，時間配合得天衣無縫。

女護士滿有默契的把八號手套遞上，男護士也迅速把枕頭收在病人的肩膀下，讓男病人的頭向後仰，嘴巴微微張開，司徒教授戴上眼罩口罩和手套，彎下腰，調校好病人頭部的位置，左手從攤開的綠色布中拿起「L」形的喉鏡，壓下按鈕，一道耀眼的光芒頓時從喉鏡尖端出口竄出，像要準確地尋找氣管的位置。

病人全身鬆弛，不省人事，司徒教授純熟地把「L」形喉鏡套進口腔，沿着舌頭和上顎骨之間的空間推去，壓向舌頭，再用力往上一托，他清楚聽到「卡」的一聲，像瓷器裂開的聲音，病人的一顆門牙被喉鏡頂着，報銷了。這種情況不時發生，他沒理會，只是目標明確地尋找聲帶位置，那是他要去的「地方」。

他再次用力一托，病人的頭被這道力推得更向後仰，下顎也被托起，視野些微開闊了，司徒教授低頭，視線探進口腔，專注的從喉鏡上越過去，在光的盡處探索，終於發現目的地 —— 那道「V」形通路。

兩道聲帶呈「V」形，守護着氣管的入口。

聲帶之間的通路有點窄，插入氣管內導管會有些困難，但病人危在旦夕，司徒教授認為必須一試，於是，他選擇了較幼細的一支導管。

氣管內導管呈弧狀，握在右手如一彎鐮刀，司徒教授的左手再使勁把喉鏡向上托，氣管的入口更顯清晰可見。他的手臂有些瘦，但一看準聲帶間狹窄的空隙，就毫不遲疑地把導管推進去。

他不須要很用力，導管順着口腔的分泌，像溜冰似的滑向氣管，但這滑行前進的動作馬上遇到阻攔 —— 導管經過咽喉之後，

「守衛」通道的聲帶猶如一堵柔韌的牆，擋住導管的去路。

豆大的汗珠滲滿額頭，司徒教授知道強攻是不智的，就把導管取出，低頭再審視聲帶一遍，欲再嘗試。

但眼前的情況教他倒抽一口氣。

氣管入口的兩邊聲帶，被導管碰撞刺激後，一度紅腫起來，此時聲帶就像氣球般，在司徒教授眼前膨脹再膨脹，令原本已見窄小的「V」形入口更形狹窄，才幾秒鐘，便把氣管封住了。

氣管一旦閉塞，病人會在三分鐘內因腦部缺氧而死亡。

司徒教授把喉鏡從口腔抽出，站直身子，處變不驚的吩咐女護士：「緊急氣管造口。」

三名護士見教授突然放棄插喉，而且要在牀邊進行緊急手術，一臉驚愕，一時反應不來。司徒教授從牀頭來到病人的右邊，在鋪開綠色布的推車旁直着身子，拿起麻醉藥瓶，插入針筒抽取麻醉藥液。病人呼吸愈見困難，接駁指頭的氧氣探測儀瘋狂地鳴叫，儘管在鎮定劑的「安撫」下，病人仍然顯得十分痛苦，皮膚也開始呈紫紺色，是窒息的徵狀……

司徒教授右手握針筒，左手熟練地沿着病人頸部中線向下探索，直到喉結的下方位置停下，注射麻醉藥，然後舉起手術刀，向下直刺半寸，刀鋒就陷進空洞之中，他用力轉扭刀柄九十度，如扭動門匙開啟大門一樣，刺開的傷口出現了缺口，「嗤」地一陣空氣像幽靈般竄入孔口。

司徒教授用左手食指掰開孔口，把氣管內導管套進去，氣管就如含住一條吸管似的，只見一股又一股的氣流，呼呼的直接從氣孔進出肺部，本來呈紫紺色的皮膚逐漸回復紅潤。

司徒教授把導管接駁到呼吸機，調校氧氣濃度後，吩咐護士擦拭乾淨病人脖子上的血迹，這時，護士們才回過神來。

坐在加護病房內的護士崗，司徒教授擲下口罩和眼罩，托腮摸着長出了鬍渣子的下巴，想了想，就打一通電話給深切治療部主任黃醫生，希望能把才救過來的男病人轉過去。畢竟，加護病房不可能長時間照顧需要每小時監測的重症病人。

「現在深切治療部的牀位全部爆滿，我們只能盡力安排。」黃醫生在電話裏説得客氣，卻刻意加重「全部爆滿」的語氣，還暗地抱怨：司徒教授也真是，病人已是末期胰臟癌，生存機會渺茫，還要幫他插喉幹啥？黃醫生在電腦前輸入病人資料，看着那張兩小時前才拍的肺 X 光片，把不同位置的影像放大又縮小。肺部情況這麼差，接上呼吸機後，他幾乎可以肯定，除非死亡，否則病人沒有拔喉的希望。

儘管一萬個不情願，但司徒教授畢竟是肝膽和胰臟癌專家，赫赫有名，位高權重，何況今年更身兼副院長和藥劑部的醫生主席兩職，他的要求就是冒犯不得。深切治療部近年打算增加病牀、擴闊空間、增調人手和多引用昂貴藥物，每項都涉及龐大的工程和開資。過去幾年，會議開了許多，申請書填了又填，軟硬兼施的又游說又怒斥，講得口也乾了，還是給一句「今年的預算緊張得很」帶過去。今年申請遊戲繼續，卻換上司徒教授這一關，為病人為部門為自己的功德，黃醫生必須再接再厲大費周章。現在司徒教授一張病牀的要求，相對深切治療部的擴建工程，實在卑微，黃醫生當然不會貿然拒絕，這確是一趟建立關係、為自己為部門爭取得分的契機呢！

「司徒教授，深切治療部的病牀長期緊張，要一個病人換一個。」黃醫生趁機宣泄部門的困境。「要是有病人離開，我們會馬上通知加護病房，教授請放心。」

「老黃，那麻煩你了。病人情況很差，加護病房始終不是照顧這麼重症的地方，深切治療部愈早有病牀愈好。」有求於人，司徒教授放軟語氣。

「當然，這我明白。」黃醫生應對過去。

放下電話，黃醫生在鍵盤上按一下，返回深切治療部的電腦主頁，望着屏幕上列示的三十張病牀，每個病人的名字和病況他都熟悉，只好默默地再審視幾個最重症病人的報告，司徒教授已在電話裏發出最後通牒，如果可以幫他一把，算是功德無量。

唔，十八號牀男子車禍入院，做了緊急手術，腦水腫得厲害，一星期以來也沒好轉，繼續熬下去真沒意思，但病人年紀還

輕，該再多看幾天吧？

六號牀呢？紅斑狼瘡症，腎移植個案，併發多種器官衰竭、病毒感染和敗血症，躭在深切治療部都兩星期了，該不該堅持下去？唉，今天的血報告顯示情況又轉差了，要不要強行延續她的生命呢？生命？該是延遲公布死訊才對！

那就別拖拖拉拉了。黃醫生這樣説服自己，就此定奪。

*　　*　　*

司徒教授在電腦前鍵入醫療記錄。病人的情況急轉直下，叫他進退維谷，也開始懷疑新研發的抗癌藥「安本胺基」是否有效。這八年多，他一直在老鼠身上進行藥物實驗，為患肝膽或胰臟癌的老鼠測試治療效果，更在幾本甚具分量的醫學期刊上發表研究報告，又參加世界醫學會議，討論藥物的功效，好不容易才得到正面迴響，總算熬出一點名堂來，還吸引藥廠注資研發，今年初開始了第一期臨牀試驗。

為了得到藥廠資助，這八年的研究路真不好走，他把藥物的成效形容為「全球第二號殺手肝癌病人的救星」、「可怕的胰臟癌剋星」、「本世紀最具潛質的抗癌藥物」、「副作用近乎零」等等，還充滿遠見的預言，由於安本胺基是針對性的細胞治療，專門針對 p53 突變基因，能把此突變基因的癌細胞殺死的同時，正常細胞不受影響，如此便大大減少藥物的副作用，所以又稱為「標靶」療法。p53 突變基因出現在許多癌細胞之中，所以除了肝癌和胰臟癌，相信安本胺基也能有效治療其他癌症，如肺癌、乳癌、腸癌等……擺出的理由，言之鑿鑿。動聽的言詞是科學研究尋找資金的「遊戲規則」，不過是稍稍吹噓和譁眾取寵，這是無可厚非的，不算欺騙，或許説是「積極憧憬」較為貼切。他早已麻醉了自己。

懂得遊戲規則的人，才有本領去駕馭競爭對手，在弱肉強食的生存法則下險中求勝。司徒教授深諳這個道理，要不如何能扶搖直上，攀上現在這位置？

今年初，他撰寫「臨牀研究」申請書，在醫學研究道德委員會面前作出辯護，順利通過申請後，便開始物色病人試用藥物。他對臨牀測試抱很大期望，畢竟這標示着他過去八年的努力，是揚名立萬的重要關口。算起來，他已經五十六歲，擺在前面的機會像漏斗般，愈來愈少，到了這年紀，人還有多少拚勁和青春？反應和思考速度已大不如前，他甚至覺得後浪推得自己好緊，可能很快就會被趕過，幾年後還不退下火線，就會招來「戀棧權位」的指控吧。

今年能夠升上副院長和藥劑部的醫生主席已經很不錯，再拚搏一下嚐嚐當院長的滋味嗎？靠的不是能力，而是運氣，可遇不可求。現在但求別行差踏錯，保住江山已經於願足矣。

守業難。他想起上一任的副院長，被傳媒挖出貪污醜聞，晚節不保，匆匆離任時像條落水狗，看見他捧着一個紙箱走上「賓士」坐駕時，落寞、倉卒而狼狽，多可怕的結局！

建立江山當然也不容易。十多年前他發明「肝分解手術」，震驚世界，被冠名「香港肝手術」，年紀輕輕便聲名大噪，為他的事業奠下重要基礎。可惜這種手術極為繁複，需時又長，對醫生的手術技巧和體力要求甚高，令不少外科醫生卻步；更致命的是，經多國臨牀研究，手術成效存疑，後遺症也不少，所以近十年已很少人進行這類手術。

唉，司徒教授惋惜，要是「肝分解手術」可以發揚光大，他也不用另闢蹊徑研究藥物吧。安本胺基成為他的押注，是他可以光榮引退的最大希望。司徒教授再次走到牀邊，望着昏迷的崔雄，頓感筆桿特別沉重，暗忖必須醫好崔雄，於是他孤注一擲，在藥單上寫下「將安本胺基稀釋一比十，放入霧化器，經氣管內導管直接輸入肺部」。

由於肺炎和胰臟癌擴散，崔雄肺部有不少陰影，司徒教授再調校抗生素劑量，心想，用上如此多種高劑量而闊光譜的抗生素(broad spectrum antibiotics)[1]，就連最昂貴最闊光譜的特效抗生素「清菌妥」也出馬了，再配合抗癌治療，相信崔雄的情況該會有轉機吧。臨走前，他再審核藥物一遍，也自覺實在有點瘋狂，這些抗生素和藥物都是最新最好最貴的，但效用多大就連他自己也拿不準。如果病人不是崔雄，不是曾經服用安本胺基，他是不會建議同僚如此開藥，何況身為藥劑部的醫生主席，自己不是時常提倡高效益的處方嗎？真是諷刺。

服用安本胺基抗癌藥的病人，情況都不理想，司徒教授甚至懷疑這些病人可能比不服用任何藥物的病人更差。至今已有兩個人在三個月內離世，留下來的病人真是一個也不能少，否則研究會因病人的死亡率過高而被迫終止。

如此差強人意的臨牀數據，司徒教授擔心研究夭折的可能性很高。唉，這個批次的藥物用完後，如何再要求藥廠繼續支持研究呢？真是一個大難題。

完成報告，他望向窗外，多明媚的一天！遠方的海面波光粼粼，年輕時他最愛看海，天空海闊，閃爍的波光彷彿預示了他所嚮往的仕途，但現在，他有一種捉不牢的感覺。

* * *

病房外坐着崔雄的母親，一臉憂心。她身穿格仔布衣，寬鬆的褲管下，是一雙平底布鞋。

「崔雄的情況很差，我剛為他插喉，暫時用呼吸機幫助呼吸。我已處方最好的抗生素，但能否好轉，要靠他的意志了。」司徒教授簡單的向崔老太說明情況。

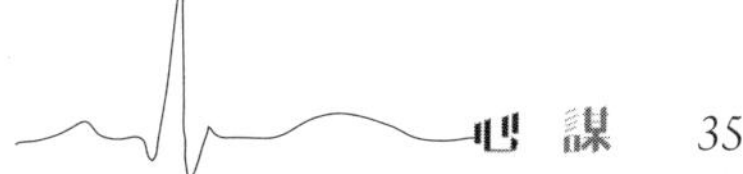

「謝謝，司徒教授。謝謝。請你一定要救活我的兒子，我老了，在香港就只有他。」崔老太眼眶泡着淚水，臉上的皺紋如深刻的刀痕，她恭敬地向司徒教授深深的鞠躬。兒子的壞消息令她手足無措，六神無主，慌亂間也不明白為什麼會向人搬出母子相依為命的話，或許是希望令醫生更盡力營救她的兒子吧。

司徒教授預計崔雄很難熬過這一關，他本想再把話說清楚一點，叫崔老太作「最壞的心理準備」，但面對七十多歲的老婆婆，惻隱之心頓起，只說：「我剛和深切治療部聯絡過，會儘量安排牀位，那邊比較適合崔雄的情況。」

「謝謝教授幫忙。辛苦了。」崔老太又一次鞠躬，愁眉稍稍鬆開，向司徒教授表示感激。

司徒教授沒再說什麼，向她點頭後便離去。崔老太呆站在病房門前好一會，才歎了一口氣，又緩緩的坐回板凳上，身體和靈魂像跌撞得零零碎碎，無法好好的拼湊起來。

司徒教授甫走開，瞄一眼傳呼機，才發現剛才搶救崔雄時，錯過了傳呼訊息。

陌生的電話號碼，他用走廊上的電話撥下內線號碼。

「喂，司徒教授覆 Call。」

「司徒教授，我是病理科的陳嘉薰醫生，想通知你一個報告和討論一宗解剖……」

病人的健康應為我首要的顧念。

4

「喂？嘉薰！我早猜到收到報告後一小時內你會找我。Bingo ！ Donald 要輸給我一杯奶昔。是不是關於毛霉菌？」電話裏肥朱還拋下一句：「兩分鐘後演講廳外見。」

於是，我到微生物部門找肥朱。

肥朱跟楚醫生不單感情要好，且像楚醫生一樣，在所屬專業的領域上充滿自信，許多問題難不倒他們，卻都有死穴 —— 楚醫生是脱落的頭髮，肥朱是食物。

我們曾取笑他們天生一對，對此楚醫生至為抗拒，肥朱卻非常受落。

肥朱在微生物部門六年多，幾年前一如所有出道的醫生，要面對專科考試，而她減壓的方法，是任由自己被食物徹底俘虜。去年完成專科試，解除了考試壓力，卻仍然無法掙脱美食的「禁錮」，反而樂在其中。一次，她一邊津津有味的吃着油雞髀，一邊自我分析：「食物，是我保持快樂的泉源。」說得輕鬆自在，卻換來楚醫生一句嘲弄的回話：「這是另類『斯德哥爾摩症候羣』[2]。」

離微生物部門不遠的演講廳，正要舉行「安全使用抗生素」研討會，會議由司徒教授策劃，微生物部門主講，對象是醫科生和新入職的醫護人員，以增進用藥知識。講座尚有二十分鐘才開始，演講廳外已聚集一眾身穿白袍的醫科生和醫生，還有不少堪稱「藍衣天使」的註冊護士。

會場入口處醒目地「站」着一張高兩米的蘭陽藥廠商標，明顯地研討會得到藥廠的贊助。蘭陽藥廠是一所規模甚大的製藥廠，為醫院供應藥物，也致力醫藥研究，有它的參與，的確令研討會更有分量。

演講廳外，我嘗試在人羣中尋找肥朱的蹤影，這其實不難，環視四周，背影最大的，多數就是她。我的視線卻被迎面站着的藥廠代表擋住，他笑容可掬，半禿了頭，黑色西裝上的鈕扣給打開了，騰出空間讓肚皮鼓脹而出，像一個啤梨，吊帶褲套在肚臍之上，一副「老細」的模樣。

「啤梨」手拿一支益力多，喜孜孜的高聲說：「歡迎歡迎，請隨便取閱。這是我們蘭陽藥廠的新藥。」他帶我到一張長桌前，上面井然有序的擺着藥廠生產的各種藥物的資料。他喝下一口益力多，說：「這一欄是抗癌藥，那裏是血壓藥，看，還有抗生素、降血脂血糖⋯⋯都是最新的特效藥。旁邊是免費贈品，可以隨便索取，別客氣，別客氣。」

「啤梨」的熱心叫人盛情難卻，我看見桌上放了許多精美文具，有文件夾、筆記簿、原子筆，還有USB記憶棒、環保袋，甚至電話繩等等，都印有藥廠商標和藥物名字，吸引不少醫生的目光。「啤梨」見我一臉遲疑，把餘下的益力多全灌進肚裏，膠樽子往垃圾桶一扔，便順手取一個環保袋，邊打開，邊說：「別客氣，別客氣。」就把每份資料和贈品都放進袋裏，不一會環保袋就像他的肚皮一樣鼓起來。

他把環保袋遞給我，我不好意思的接過，然後他遞上名片，原來是蘭陽藥廠香港區營運主管張經理。

我們彼此握手，張經理笑逐顏開的問我：「怎稱呼？看你一表人才，是什麼專科？」

面對藥廠從業員的熱情，我總覺得不自在，況且我要找肥朱跟進病情，於是簡單回答：「小姓陳，病理科醫生。」

「病理科？微生物嗎？我們出品的『清菌妥』，是目前最闊光譜的抗生素。」他馬上從桌上取來一份宣傳單張，信手拈來另外兩份，繼續說：「至於病理科的免疫學，我們有這出名的『抗敏威』，在血液學方面，最近研發的有『增血靈』⋯⋯」

他的嘴巴像機關槍，連珠炮發，令我有一陣頭痛，必須打斷他，於是插口：「對不起，我屬『解剖病理學』，專對死人。」我特意說「解剖病理學」而不是用同義的「組織病理學」，是想令他知難而退。

張經理頓時呆住，眼神忽地黯淡下來。果然，沒有藥廠喜歡和死亡拉上關係。

我將目光移向人羣，在另一邊發現了肥朱，那邊的長桌上放着林林總總的小食——雞翼、燒賣、咖喱角、春卷、沙律和三文治等，肥朱手上捧着盛滿食物的紙碟，我走近喚她：「朱醫生！終於找到你了，問功課行嗎？」

肥朱的BMI（Body Mass Index，身高體重指數）嚴重超標，我們身高相約，她卻要穿加大碼白袍。雖然大家背地裏都暱稱她「肥朱」，但在她面前，我總會稱呼她「朱醫生」。

肥朱的嘴巴一張一合，發出咀嚼的聲音，含糊不清的說：「好，好。」就把碟上的食物極速往口裏一送，一臉滿足的抹拭嘴角，棄掉紙碟，建議道：「走吧，跟我一起到微生物實驗室。」

「你不是要參加研討會嗎？」

「我通常只吃不『拎』。」果然是醉翁之意。

我笑了，明白在整個研討會中，她最感興趣的是大會供應的食物，有時享用過藥廠提供的茶點後，根本不會參加講座，「拎」

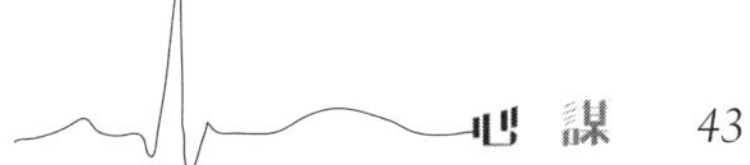

走知識。

「臨牀研討會有藥廠贊助真好，跟法醫學系舉辦的研討會規模相差太遠，好不公平啊。」一路上我說。

「蘭陽藥廠規模不小，除了研討會，還會資助醫生進行研究，邀請外賓出席演講，還會支付醫生出席國際醫學會議的費用，我的外科同學上月赴美國參加講座，機票食宿和報名費，都由這家藥廠買單，像皇帝式的服侍。法醫開的是『死人會』，哪有藥廠會支持？別羨慕了！」

「我才不羨慕，」我回敬肥朱，「我簡直妒忌。」

踏入微生物實驗室，我放下環保袋，也把提在手裏的塑膠袋子遞給肥朱，說：「請你吃的。」

她深深吸一下，驚喜的說；「嘩，好香的蛋撻啊！」笑呵呵的把蛋撻放在電腦旁。

我伸手到桌上取來口罩戴上，不是因為這裏細菌太多，而是微生物部門常常瀰漫着一股獨特氣味——一種摻雜了塑膠和腐朽的氣味。長方形的實驗桌上，擺滿不同顏色的細菌培養皿，培養凝膠上面浮着的，有白色或線形或點狀的病菌，相信空氣中的怪味由此而來。

肥朱在燈光下觀察培養皿內的細菌，轉過頭見我戴上口罩，大惑不解：「真不明白，你對着腐屍可以面不改容，卻害怕這一丁點塑膠味道。」

「這叫 A man's food is another's poison。」不知怎的，在肥朱面前，我的話也離不開食物。

我挨近，張望她手上的培養皿。

「剛確診了另一宗毛霉菌。」肥朱歎氣。

「又是外科部門的病人？」

肥朱點頭，難以置信。「你怎知道？」

「剛才查過電腦，上兩宗的病人都來自外科部門，我猜這次也不例外。」

「有一點不同，上兩宗來自 A2 病房，這次是加護病房。」肥朱告訴我。

「嗯，A2 病房和外科的加護病房，不剛好是相鄰嗎？」

肥朱像領悟到什麼。「絕大多數情況下，毛霉菌是由吸入或皮膚接觸感染，既然病人都來自差不多同一個地方，我們不妨到病房檢查，說不定可以發現源頭。毛霉菌喜歡藏匿在木材和污水裏，可以看看病房附近有沒有裝修工程、木板或滲水之類。」

「病人不都是腸道感染嗎？為什麼還要多此一舉？」

一涉及微生物的問題，肥朱就變得滿有權威：「你說的不錯，只是腸道感染實在罕有，而吸入性或接觸性感染遠比食進毛霉菌常見——我估計腸道感染有可能是併發自吸入性或皮膚性感染，沿這方向追查該是一個很好的起點。」

我恍然，豎起拇指說：「這也對，我們該先排除常見的吸入性或皮膚性感染的源頭，再研究其他可能性。我已向法庭申請緊急剖驗第二宗個案的病人，希望能找到端倪。你會和外科部主管司徒教授談談嗎？」

肥朱面有難色。

「毛霉菌是微生物，由微生物醫生穿針引線較好。」我企圖說服她。

肥朱問我：「你解剖『冷麪』的病人，會通知他嗎？」

我點頭。像許多位高權重的高層一樣，外科主管司徒教授不苟言笑，予人高不可攀的感覺，我們這些小輩都不喜歡和他打交道，肥朱更在背後叫他「冷麪（面）教授」。

「橫豎你要聯絡冷麪，知會他解剖的事，不如你順道諮詢他可否視察病房，然後我再和你一道到病房取樣，就這樣安排吧！」

我想反對，但她不無道理，況且眼見她興致勃勃的跑去洗手，登登地跑回來打開蛋撻盒子，大口大口的享受着，我更不忍心破壞她的雅興。

*　　*　　*

對於司徒教授，我心存芥蒂，這源於十年前的一項研究。

當時司徒醫生開發了一項嶄新的肝癌切割手術——肝分解手術，令龍頭醫院外科部成為肝癌切除手術的國際焦點，更因而獲擢升為教授。手術雖然複雜，但其重要性在於它顛覆了外科醫生對肝手術的理解。傳統上，肝臟分為八個「節片」(Segment)，身體會獨立供應血液和膽汁給每個節片，因此切割肝臟必須沿着節片進行，才不致影響健康的部分。司徒醫生卻利用微細切割技術，把肝臟再細分為五十組「次節片」，於是，以往認為無法切除的腫瘤，在「次節片理論」下，便有成功切除的可能，是為「香港肝手術」。

手術一出，令司徒醫生名噪一時。可惜手術極為精細，動輒需要十五個小時或更長的時間，這對醫護人員要求極高，亦需要大量資源配合，因此很少醫生願意進行這種手術。諷刺的是，司徒醫生擢升教授不久，隨着經驗的累積，國際間便有專家開始質疑手術的成效。

加入病理部幾年後，我對司徒教授發明肝分解手術與有榮焉，也對手術甚感興趣，想要研究它的成效，希望可以平反外界的一些批評，於是翻查紀錄，收集一些接受此手術卻離世的病人的解剖報告，加以分析。

龍頭醫院是全球擁有最多曾接受「香港肝手術」病人的醫院，累積了不少因病去世的個案，所以研究極具代表性。但結果發現，手術有引起肝壞死或肝衰竭的後遺症，同時亦無法確定能提升病人的存活率，這令我很氣餒；更困擾的是，我不知道該不該把結果發表。

我內心掙扎 —— 全球只有龍頭醫院才有如此數量的病人接受肝分解手術，他們的解剖報告顯得別具意義，至少可以幫助外科醫生對手術的理解，增進交流。然而，手術的先驅是司徒教授，如果要發表結果，必須通知他，但顯然這個研究結果並不討好，要他首肯公開，無疑是強人所難。

我該繼續撰寫報告嗎？還是作罷，就當自己沒有進行這項研究算了？

最後，我認為外科知識的增長和病人的福祉，應該淩駕在一己榮辱之上。

於是，我把寫好的文獻初稿拿給上司霍教授過目，與她討論邀請司徒教授作為研究團隊的一員。

「你把報告留下，我慢慢看，有需要時我會聯絡司徒教授。」霍教授的回答，教我鬆一口氣，因為我似乎把這困難的決定卸走了。

我等呀等，幾個月過去，仍沒有進一步消息，我曾向霍教授探問進展，得到的回覆是「報告有瑕疵，需要慢慢批改」；之後見她，總是匆匆忙忙，我不好意思再追問，而且也參與了其他研究，這份報告也就擱置一旁。也許因為「香港肝手術」在國際間的迴響逐漸微弱，我也慢慢忘掉了它。

過了六年，我在一本頗有分量的期刊中，偶然發現了那篇報告，原來早於三年前已經發表。

與其說是我的報告，不如說是霍教授和司徒教授的研究更貼切，這份肝分解手術解剖報告，研究團隊只有兩個人 —— 霍盛慈教授和司徒永熙教授，我被剔除在外。

我細閱內容，除了主要的病人數目、性別、年齡和手術後生存的時日外，整份報告被改頭換面，兼且「隱惡揚善」、「去蕪存菁」；對於肝衰竭、肝壞死的情況只是輕輕帶過，接駁血管失誤的數據更是隻字不提，只注重手術技巧的完善，而一些病理科醫生認為是肝衰竭的個案，卻被「重新評估」，換成了多種器官衰竭、敗血症等，令病人因手術後遺症致死的比率大大降低。

最後的結論是，這次全球首項大型解剖研究發現，肝分解手術相信是對抗肝癌的有效手術，有待其他國家驗證。

我愈讀愈氣憤，但報告發表了三年，像個已經封塵的墳墓，無法開棺重審，而這篇文獻的祕密，也將永埋塵土之下。

我無從在部門宣泄，當晚，我向雯發牢騷。

「我的報告被竄改得體無完膚，你認為該不該跟霍教授和司徒教授對質？」我問雯。

雯不很理解醫學界的研究，我們很重視一篇重要文獻的研究成員，也會在意團隊上的排名次序，因為這是對研究員的尊重和肯定。雯安慰我：「文獻發表了三年，也沒通知你，證明他們根本不想面對你。你找他們理論又有啥用？他們不會改變立場，文獻也不能重新改寫。」

「我明白，但我很不忿啊！」我悶悶不樂，滿腔冤屈。

「嘉薰，一項解剖報告，有人思考如何造福他人，有人盤算自我利益，你何必為這些自私鬼憤憤不平？讓上帝用時間去證明一切吧。」雯提議我：「把那文獻丟到堆填區去！反正文獻所說的，根本不是你的發現，沒有你的名字豈不是更好？」

雯説得對，「香港肝手術」在國際間不是早已失去認同嗎？我為何仍耿耿於懷？

幾年後，我清理辦公室雜物時，無意間撿出那原初的文稿，就順手把它棄置到環保廢紙堆中。

5

餐廳裏，我把早上楚醫生找我，以及我去見肥朱和聯絡司徒教授的事告訴徐醫生。

「那豈不是有三宗確診毛霉菌的個案了？」徐醫生驚訝。

我點頭：「三個病人的主診醫生都是司徒教授。我追蹤研究，發現上一宗肝癌病人在兩個月前因多個器官衰竭死亡，死後才驗出毛霉菌。」

「你說死因會不會與毛霉菌有關？」

「無法肯定。死者沒經解剖便火化了，死無對證。所以，這次我想替死去的患者安排剖驗。」

「真可惜！病人患上癌症，抵抗力較弱，同時感染毛霉菌，是巧合吧？」

今早我重溫毛霉菌的特性，也翻閱多篇文獻。就把一個公文袋交給徐醫生：「這是一些毛霉菌的資料，建議你在解剖前先讀一遍，了解這種真菌的特性。裏面還有世界各地醫院爆發毛霉菌的報道，也值得參考。」

她翻着列印紙，速讀一遍，裏面記載了全球近三十年醫院爆發毛霉菌的個案，患者都有免疫力下降或皮膚燒傷的情況，源頭多來自醫院的通風系統、膠布繃帶、黏貼袋、廁所供水、清洗制服的用水或檢查口腔的壓舌棒。

「小時候看醫生，檢查口腔的壓舌棒通常是木製的，原來很容易藏菌，怪不得現在已很少用。」徐醫生自說自話。

她讀得津津有味，又喃喃地說：「感染毛霉菌後，死亡率高達百分之五十！毛霉菌真會殺人，是醫院的隱形殺手呢！」

我側着頭望向窗外的海，在正午陽光的映照下，波光如閃爍的鑽石，但深邃的汪洋之下，到底有多少奧祕？我只看到表面的一角冰山，還有多少感染個案未被發現？我真的無法推測，也不肯定自己有沒有能力探尋死亡真相，揪出毛霉菌的源頭。

翻到最後一頁，文獻的總結是，由於毛霉菌感染極罕見，只要在短時間內在同一所醫院出現兩宗或以上個案，就須檢查醫院設施，研究源頭。

「你認為病人是從醫院感染毛霉菌？」徐醫生抬頭望着我。

我聳肩：「不確定，源頭至今仍是個謎，但必須先排除這個可能性。今天下午，我和肥朱會跟加護病房和 A2 病房的醫護人員開會，也會在病房取樣，分析這方面的可能性。剛才在電話裏，司徒教授歎了口氣，很懊惱呢！才升任副院長一年，病房便發生事故，病人情況又不穩妥，他最近夠煩了。」

「管他的！」徐醫生的語氣顯得疏離，帶些辛辣，滿不在乎似的。

我好奇，於是問道：「怎麼，司徒教授得罪了你？」我帶笑而問，本想緩和氣氛，豈料換來徐醫生面色一沉，瞄了瞄我：「你很欣賞他嗎？哼！」

我苦笑，十年前那段研究經歷，在腦海再度冉冉升起。我沒作聲，也再沒追問她為何反應這麼大，總覺得不好在別人背後說什麼，只低頭吃我的肉醬意粉，大家都不再談這個話題。

沉默沒多久，我就收到殮房主任通知，遺體剛送到殮房。

我呷一口檸檬茶，向徐醫生建議：「現在一點半，我兩點才開會，時間正好。不如一起去檢查遺體，然後我再上病房。」

* * *

死者的妻子坐在殮房外的長凳上，一身黑色素衣，見我們走近，就站起，滿臉疑惑。

早上警方聯絡她，要把她丈夫運回醫院，進行剖驗，這近乎強搶遺體的行動，竟是法庭的頒令，真把她弄得一頭霧水，更費解的是，解剖原因是「公眾利益」。

我有責任向她解釋清楚：「宋太，不好意思，令你不便。今早我收到宋明清先生死前最後一份化驗報告，顯示他曾感染一種稱為毛霉菌的真菌，由於感染毛霉菌很罕有，我們無法估計它的源頭，所以需要為宋先生解剖，以確定死因。」

「知道死因又如何？人都死了，今晚也要舉殯了，來不及怎辦？」死者妻子顯然為再次舟車勞頓感到不悅，語氣中半帶抗議，卻因這是法庭頒令，無從反對。

「如果能確定源頭，就可以及早防範，避免更多病人受到影響，所以法院才如此判決，若證實是醫療系統出現問題，解剖報告或許有助你提出索償。我們知道宋先生今晚出殯，剖驗會由徐醫生負責，下午進行，五點前完成，並將遺體送回。」

妻子再沒有異議，只問了解剖的步驟，我簡單闡述後便和徐醫生進入解剖室。

面前是一個中年男子，死去五天，肚子如膨脹的氣球，我無法肯定，這是由於腫瘤、腹水，還是屍體腐化造成。

屍體腐朽得比想像中快，皮膚呈暗綠色，脆弱得有如一張濕透的紙巾，只消輕輕一抹，表皮可能會破裂脫下。我輕按圓弧的肚子，肚皮顯得脆弱，且欠缺彈性，彷彿只要用指頭使勁一戳，便能直插入腹腔。肚子上有一道小孔，也許是臨死前為男子排放腹水的針孔；我用放大鏡仔細觀察，發現針孔周圍的皮膚壞死，邊緣位置竟布滿又白又綠的粉狀霉菌！

「看來毛霉菌已蔓延至皮膚表面。毛霉菌嗜血，容易在傷口周邊迅速生長，令皮膚和皮下組織壞死。」我搬出文獻的敘述。

徐醫生倏地後退一步，彷彿面對千軍萬馬的敵人。雖說毛霉菌只會感染免疫力低的人，但顯然病人體內充滿真菌孢子，為安全計，我建議徐醫生戴上 N95 口罩，也在高防疫性的防毒櫃進行剖驗，其他人等不宜留在解剖室。

我看時間不早，就提醒徐醫生：「請在肚皮的傷口取樣化驗，解剖時要拍照存檔，從各個器官取樣，送給肥朱培植真菌。死者的皮膚脆弱，要小心縫好傷口。我會趕在五點前回來。」

口罩之上，徐醫生露出誠懇的眼神，說：「嘉薰醫生，我明白了。放心交給我吧，你快去病房。」

我不再嘮叨。其實，以徐醫生的資歷，我的話大可省下，真是囉唆。

解剖時，死者腹腔的器官儼如發霉的腐肉，肝臟、腸道、腎臟滿是霉菌，且呈瘀黑壞死現象，徐醫生一貫小心的剖驗，大量取樣……

這邊廂，我和肥朱跟病房負責人開會。之後，就像福爾摩斯，在病房東查西看，從醫院的排氣和通風系統取樣，又用微生物科專用的棒子塗抹膠布繃帶、黏貼袋、廁所水龍頭的表面；我們發現木製的壓舌棒早已絕跡病房，又在護士崗的木桌和鉛筆上取樣，把一個個樣本放進特定的膠袋裏封存，並送去培植真菌。我們倆逗留了不短的時間，眼見晚餐時間到了，就圍住剛推進病房的食物車，把一部分食物取走……就這樣，我們像機靈的警犬一般，在陌生的環境中有系統地巡邏搜索，時而低頭、時而仰首的挨近任何物品。

最後，我和肥朱推着一車多達三百多個微生物樣本送檢。

*　　　*　　　*

當我累極回到殮房時，徐醫生也剛解剖完畢，時間正好。

由於死者的皮膚腐壞，十分脆弱，為免仵工縫合切口時用力過大而撕裂皮肉，我親自用較幼的針線，一圈又一圈，小心翼翼的把胸膛和腹部的切口縫合，拭抹乾淨後，着殮房主任立即把遺體送回殯儀館。

我和徐醫生正要踏出殮房，瞥見宋太仍然坐在等候間的長凳

上，頭垂着，默然沉思。我們走近，告訴她一切順利，並已跟殯儀人員安排好，很快便會將宋先生送回去。

宋太立身，向我們道謝，支吾的問何時可以得知解剖結果。

我望徐醫生一眼，她是操刀的醫生，由她回答比較妥當。她轉動眼珠子，似乎在評估報告的難度，然後說：「大概要一個多月。解剖報告會直接轉交死因裁判法庭，你可以在兩個月後向法庭申請詳細報告。」

宋太欲言又止，顯得彆扭。我鼓勵她：「宋太，要你和宋先生舟車勞頓，真不好意思，希望這次解剖會對你和其他病人有幫助。你還有什麼問題嗎？」

「不，我只是想……唔，請你們別介意，我不懂說話。」她不好意思的說：「你剛才說，如果是醫療系統出問題，解剖報告有助索償，我不是不信你們，只是，如果真的是醫院出錯，你們也會如實報告？」

徐醫生肯定的回答：「宋太，不用擔心，我們病理科醫生角色中立，死因裁判法庭賦予我們解剖權力，以找出真相，報告只會向法庭負責，不會偏袒院方的。」我向宋太點頭，表示同意徐醫生的話，也欣賞徐醫生持守這個原則，這是一個極為重要的堅持，我們要單純地對死因負責，否則就容易因個人利害左右死因分析，造成公義不彰，醫醫相衞。

這像是宋太等了一個下午想要聽到的話，她如釋重負的說：「真的這樣就好了。我先生被送來運去，捱這一刀也是值得的。」

這句話語重心長，仿如暮鼓晨鐘敲在我心上，提醒我要以怎樣的心態去對待解剖，才叫宋明清的死更有意義。

由於整天都在忙這突發事件，黃昏時我再次回到辦公室，處理滯延的工作，一直到晚上。當我拖着疲憊的身軀離開醫院時，宋太留下的回話，依然縈繞着我。

我將尊重所寄託給我的祕密，即使病者已經身故。

6

第二天早上七點半，司徒教授駕着車向醫院駛去。以往這個時候，他該是趕緊出席外科部門的早餐例會，但今早，他不打算參加會議，因為他約見了兩個病人。

除非情勢緊急，否則他很少缺席例會；身為危機處理組總監，以往缺席多因醫院發生緊急醫療事故，亟待化解。

車廂裏，他不禁搖一搖頭，現在的情況不也是一樣嗎？只是，以往發生事故會由一組人處理，現在，他卻要獨自面對。

他認為沒必要向院方申報事故，公開承認錯誤只會為他帶來更大的麻煩，甚至聲名受損，出現管治危機；況且作為副院長，醫院的聲譽也是他必須考量的。

防微杜漸，為免雪球愈滾愈大，他要及時遏止災難的發生。

危機、災難、應變、通報⋯⋯昨天他腦海中浮現了這許多的專有名詞，他明白不通報的話，就是拒絕支援，但平衡各方之後，他認為這樣處理對自己比較有利。

不，絕不能再有他跟進的病人感染毛霉菌。他跟自己說，崔雄將會是最後一個被驗出毛霉菌的病人。

駕車途中，他想起這兩個月以來三名確診毛霉菌的病人。他記得每一個的名字——張有、宋明清和崔雄，和他們的細節，包括樣貌、病情、家人，甚至負擔藥物的經濟能力，還有過去和他們的交往、診治和一些談話片斷。

司徒教授總是認認真真的看待每一個病人。

清晨的公路並不擁擠，行車順暢。他想，如果生活也能事事順利，該多美好。

越過幾盞綠燈後，車子終於停在紅燈前。此際，他正面對人生中一個不小的阻滯，也得停下來想清楚下一步怎樣走。

前面的建築物一晃眼便過去，在倒後鏡重現後又消失，就像他遇到的許多病人一樣，來了又去。

司徒教授瞄一眼倒後鏡，腦中閃過張有，那個孤獨的老人，無親無故，曾是地盤工人，聽覺不靈光，反應遲緩，彷彿可以任人擺布。司徒教授見他的肝癌擴散，建議他服用安本胺基時，在

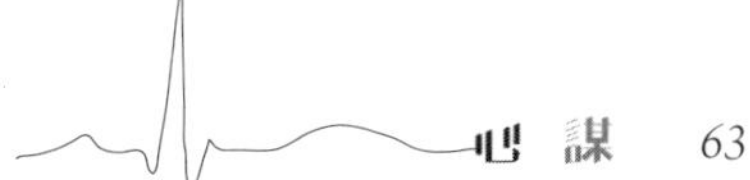

耳邊大聲問他同意否，張有「嗄──嗄──」了幾次，只說「醫生要怎樣都好，我信你。」就笑着簽署同意書。服食標靶藥五個月後，腫瘤像縮細了一點，卻突然去世。

司徒教授在死亡證上填寫「肝癌擴散」。

車廂裏再次響起他的歎息聲。肚瀉罷了，那時怎也沒料到張有的糞便樣本中，會驗出毛霉菌來。

踩下油門，龍頭醫院的路標「咻」的在左邊擦身而過。宋明清也一樣，匆匆而去。每次復診，宋太太都陪伴在側，才服用安本胺基三個月，便出現白血球偏低和血糞情況，三天後死亡。

唔，遺體昨天還從殯儀館送回殮房，進行解剖，司徒教授有點擔心，剖驗結果會和上星期簽發的死因──末期胰臟癌──一致嗎？今早別忘了打電話給負責解剖的醫生了解一下。

龍頭醫院出現在前面不遠處，最高那一幢建築物的十樓是深切治療部，裏面躺着崔雄。又是毛霉菌，他歎喟一聲，為病人擔心，昨晚的血檢報告差透了，用上最大的強心劑和呼吸機力度，情況依然糟得很，看來大勢已去，再難撐下去。唉，崔老太也真可憐，老來喪子，無依無靠，希望她可以熬過去吧！

車子在醫院外圍繞了個彎，駛進停車場，建築物就從左邊過去，逐漸隱沒在倒後鏡的一角。

*　　*　　*

八點半，司徒教授坐在辦公室，前面平放着兩個病人的病歷，像在等待發落。

這兩個病人，是昨天下午才臨時安排今早來見他的。

門診部的護士了解教授的脾性，他要什麼就得馬上安排，事事十萬火急，怠慢不得，因此昨天下午當他遞上七個病人的名字，要求聯絡他們時，護士立刻放下手上的工作，逐一致電給病人，接通後再轉駁至教授的會診室。

護士心裏唸着：「91548722，嚴女士。」按下電話鍵，搖頭慨歎，教授已夠忙了，仍常為病人操心，有些病人的復診日子根本不遠，就像嚴女士，五天後便復診，現在還跟進問症！算吧，這已不是頭一趟。她呢，手上還有許多病人等着要登記、量血壓和派備忘，工作排山倒海。「電話未能接通，請遲些再打來——」哼，竟關掉手機！護士正想發牢騷，但見會診室前輪候的病人，氣就消了一大半，真不得不欣賞教授為病人的心腸。今天要求見教授的病人真多，他仍願意抽空與病人隔空跟進病況，自己竟還斤斤計較？於是就抖擻精神，抿住嘴撥號給病人的丈夫。

司徒教授把病歷上印着的名字唸一遍，沒錯，昨天下午他叫這兩個病人今早到醫院來跟進病情。

他靠着椅背，想到陳嘉薰醫生昨天早上通報的毛霉菌結果，還要求徹查病房環境。唉，張有、宋明清都離世了，崔雄凌晨時分終於轉到深切治療部，面前的兩個門診病人又出現腹瀉情況，他頓覺自己診治的病人，怎麼全都兵敗如山，情況不穩，岌岌可危。

更岌岌可危的，是研究的成果，還有自己的名聲。

幸好崔雄昨天用上霧化的安本胺基，這或對他的病情有幫助，即或不然，至少「清菌妥」也該有助清除他體內的毛霉菌吧。這想法倒叫司徒教授鬆一口氣，運氣，他還是有的。

他翻開嚴女士的病歷。看來必須及早防範，全力拯救面前兩個病人，為他們，也為自己。

自己，自己，自己！司徒教授像面對一場可能會拖垮他的危機。發生醫療事故，盤算如何自保，這可是危機處理的一部分吧？

敲門進來的，是一對上年紀的夫婦，女的戴着帽子，頭禿了，臉色蒼白，鎖着眉，但精神尚可。

「不好意思，嚴女士，臨時要見你。因今天整天要開會和做手術，只有這個時段有空。」司徒教授微笑，帶點歉意。

「哪裏。真勞煩司徒教授。」丈夫的語氣充滿感激。

「昨天午後還有肚瀉嗎？」

「下午通電話後，晚上和今早都上了廁所兩遍。」

「糞便的顏色怎樣？」

「還是一樣，像泥水，但沒有血。」嚴女士重複着昨天的答案。

司徒教授替病人體檢一遍——身體有點缺水，但不嚴重，他輕按病人腹部，肚皮軟軟的，沒有壓痛或反跳痛等腹膜炎徵狀，只是肝臟有點發大，是意料中事。

腹檢完畢，嚴女士一邊把衣服套進褲子，一邊問：「司徒教授，我聽一起行山的老友記說，有些藥可能會引致肚瀉的副作用，我服用的抗癌藥也會嗎？」

司徒教授鎮靜地望着她，回答：「不會吧。抗癌藥我最熟悉了，以往的研究都沒有發現這種副作用。我相信這大概是細菌或病毒之類的感染，你別擔心。」

「教授，要化驗嗎？昨早我看私家醫生時，他給我兩個瓶子，建議我把糞便留下來，交給醫院化驗。」嚴女士拿出一個密封的塑膠袋子，靦腆的問。

這問題確令司徒教授怔了一怔，繼而換上一個對私家醫生不

屑的微笑，擺出一副權威的神情，語氣肯定的說：「我認為沒有必要。沒問題的，我會開最好的抗生素給你，服用四天，四天後照原定時間回來復診。」

「教授，還需要繼續服用抗癌藥嗎？幸好今天來見你，上次復診時藥房少給了幾天藥，我們昨天才發現。真懵懂。」丈夫的語氣顯得尷尬。

「嗯？剛服完了？」司徒教授望他倆一眼，「暫時停一停吧，橫豎腹瀉也會影響藥物吸收，等腹瀉好了再說，就當給你『放假』(無需服用化療藥) 四天！」點頭一笑。

老夫婦的心寬了，像擺脱了某種煎熬，連聲道謝：「謝謝你，謝謝。」這是司徒教授聽得最多的話。

司徒教授認為還是保險一點比較好，就補充道：「如果再肚瀉，直接打電話到門診部找我，我是你的主診醫生嘛！你的病情複雜，私家醫生未必了解，這裏有教授跟進，不是更好嗎？」

夫婦倆再次鞠躬道謝，手拿着藥單，放心的離開，司徒教授也暗地呼一口氣。幸好嚴女士腹瀉情況不算嚴重，剛才處方的高效力抗生素「清菌妥」，該可以控制病情的。

他想了想，該撥一通電話給蘭陽藥廠，看看那邊出狀況沒有。剛提起電話，卻猶豫須臾；重新分析當前情勢後，相信如此通風報信並無不妥，這也是為了病人嘛！於是便按下電話鍵。

*　　　*　　　*

大清早回到粉嶺的總廠房，才掛起西裝，案頭的電話便響起來。

他按下電話的免提按鈕，一邊大聲問：「早，蘭陽藥廠香港區營運主管張經理，是誰？」一邊撕開早放在桌上的益力多錫紙蓋。

「張爺，龍頭醫院外科部司徒教授呀！」

「嗯，」張經理坐直身子，提起電話，放輕語氣。「司徒教授，你好，又有新的合作計劃嗎？」

無事不登三寶殿，每逢司徒教授找他，多是申請贊助，若在能力範圍之內，張經理總會答應，當然啦，司徒教授貴為副院長，不好推卻，加上他名氣響噹噹，辦研討會或主理研究計劃號召力大，容易引來醫生的注目，藥廠贊助他，就是自我宣傳，符合市場效益，絕對物超所值。

張經理一口喝下半支益力多，心想五十億顆活性乳酸菌流進肚裏，若能化作五十億元的合作計劃多好，那就發大財了，每日一支益力多，益利更多！

「不，有一宗醫療事故或會牽涉你們藥廠的，為了病人，你最好馬上跟進一下。」司徒教授單刀直入，加重「為了病人」的語氣。

「為了病人？」張經理聽出弦外之音。活性乳酸菌在胃裏翻騰，「有病人受藥廠影響嗎？」

「現在還不確定，但我懷疑，安本胺基的生產線很可能受到污染，藥物發霉了。」

「安本胺基？」

「你大概忘了，那是抗癌的標靶藥物，半年多前才進入臨牀研究階段，有十個病人正服用藥物。」

「啊，」張經理想起來，「是你和病理部霍教授一起研發的藥物！」

「我有三個病人服用藥物後，都感染了霉菌。看來你們的藥物可能發了霉。」

「發霉？感染了霉菌，不是藥廠的問題吧？我們的廠房一向很注重清潔。」張經理灌下其餘五十億顆活性乳酸菌。

「張爺，我查過了，這種菌很罕見，三人服用我處方的安本胺基，都屬批次 60287，不可能那麼巧合吧？你還是仔細檢查一下廠房。現在有兩個病人死了，一個仍在深切治療部，看來也快救不活。」司徒教授把「另外我才剛看了兩個懷疑個案」吞回肚子裏。

「搞出人命？」張經理頓時慌了，「你肯定是藥廠的錯？」

司徒教授有點不耐煩，就答道：「別怪我沒事先張揚，有一宗死亡個案已追回做了解剖，快會有結果，一旦證實安本胺基出事的話，病理科醫生很可能會通報衞生署，巡查藥廠，到時我可不方便通知你。我已暫停為病人處方安本胺基，今次打電話給你，純粹以防萬一，希望不會再有病人受感染，你聽清楚了沒有？」

「對……對……司徒教授，謝謝。」

「我建議你檢查和回收同批次的其他相關藥物。藥物被污染，我也不好過，再有病人出事的話，我也保不住你們。同一條生產線上的藥物最好也查查，牽連起來問題就大了。」司徒教授一副威嚴的口吻。

「謝謝，司徒教授。我們會特別注意廠房衞生，確保沒有病人再受影響。」張經理唯唯諾諾。為病人？他更清楚，這一通電話是藥廠的救命警號。

他泄氣地靠着椅背，心忖如果霉菌影響到安本胺基和其他藥物，那就糟了！對蘭陽藥廠構成的金錢和聲譽損失，將無法估計。

張經理看一眼那支空蕩蕩的益力多，唉，今回益利真空了！

一想到發霉的藥物，那一百億乳酸菌也彷彿在腸胃裏化作霉菌，教他反胃。

7

三天後的早上，龍頭醫院法醫霍盛慈教授辦公室的電話響起。

話筒那邊傳來祕書Jenny的聲音：「霍教授，副院長司徒教授找你，他就在接見室。」

霍教授怔了怔，司徒教授不常找她，今早親自到訪，到底有何貴幹？

「Jenny，請他進來。」霍教授整理一下頭髮，甫伸直腰端坐，Jenny便領着司徒教授進來。

「盛慈，不好意思，一早來打擾你。我想找你幫個忙。」司徒教授開門見山，他聲如洪鐘，流露出一份自信和穩重。兩人相識一場，也沒拘泥教授不教授的稱呼了。

幫忙？副院長找自己幫忙？她感到訝異，但司徒教授語氣凝重，像出了大問題，霍教授調整心情，問道：「有什麼事嗎？」

司徒教授坐到辦公桌另一邊的椅子上。「你還記得我們一起研發的抗癌藥安本胺基吧？」

「當然記得。八年了，今年還開始臨牀第一期試驗。」霍教授記得研究期間，他們把患癌的老鼠分作兩組，一組服用司徒教授供應的安本胺基，一段時間之後，就由她負責為兩組老鼠解剖檢驗，共同研究藥物的成效和副作用，為藥物的功用奠下科學理據。

「效果在人類身上反應不太好。今早有一名病人死了。臨牀試驗才半年，十個病人之中便有三人離世，看來這藥物成效不彰。」司徒教授失望地搖頭，語帶無奈。

「老鼠和人，始終不同。」新的抗癌藥在臨牀試驗初期便遇上阻滯，委實可惜，霍教授想，利用這研究成果擢升講座教授的如意算盤，看來要泡湯了。「癌症病人死亡，原因很多，未必是因為藥物失效或副作用吧？有解剖嗎？」

「癌症病人死亡，很難説服家人進行剖驗。」司徒教授明白病人親屬的感受，親人去世已夠傷心，他又怎忍心再要求家人答允解剖呢，太不近人情了。他覺得霍教授這問題有點愚昧，卻始終沒流露半點輕蔑，只擺出一貫嚴肅的神情。「但上一宗死者，獲死因裁判法庭頒發解剖令，有了先例，今早死亡的個案我不得不上呈死因裁判法庭。」

「那麼上次的死因是——」

「初步結果，毛霉菌感染。」司徒教授靠在椅背，身子微斜，托着腮，直望霍教授，平靜地宣布三天前徐醫生的口頭報告。

霍教授眉毛一揚，驚訝道：「毛霉菌感染？很罕有呢，你的病人既不是嬰孩，亦非血癌患者，免疫力不至太低，感染這病，沒聽聞過呢。病人的白血球有問題嗎？」

「老鼠和人，真的不一樣。」司徒教授重複霍教授剛才的話。「真奇怪，安本胺基用在人身上，有很多副作用，其中之一是嚴重抑制白血球的製造，十個病人裏，七人服用藥物三個月後均出現這情況。剛才說的解剖個案，是兩個月來的第二宗毛霉菌感染。」

「兩宗？有可能是病房的環境因素嗎？」霍教授眉頭一鎖，開始緊張起來。

「前幾天微生物科的朱醫生和病理科的……叫什麼……」司徒教授思索一會，「唔，陳嘉薰醫生，他們到病房取樣，檢查毛霉菌源頭是否在醫院。嗯，陳嘉薰，這名字有點耳熟，在哪兒聽過？」

「他是病理科的副顧問醫生。幾年前我們發表的『香港肝手術』解剖研究，初稿便是他撰寫的。」

「啊，那個不知天高地厚的小子，手術的成就幾乎全給他毀掉！」司徒教授嘴角一扁，鼻孔輕輕呼出「哼」的一聲。

「陳醫生和朱醫生到病房取樣，能找出自醫院感染的源頭，加強防範就行了。抗癌藥物引起白血球下降，不足為奇，併發毛霉菌感染只屬不幸，解剖結果確定死因不是由藥物直接引起就好。」霍教授鬆口氣，心裏還摸不清為什麼司徒教授來找她。

「朱醫生昨天告訴我，初步沒發現醫院環境培養出毛霉菌。」

病房沒有發現毛霉菌，而三個病人都由司徒教授主治開藥，這有關連嗎？霍教授是聰明人，馬上領悟過來，她盯着司徒教授問：「感染途徑查清楚沒有？」

「腸道。三人都在糞便樣本中發現毛霉菌。」

霍教授點頭表示明白，「病從口入」極可能是傳染途徑。

若果病人是因為服用司徒教授的藥物而受到感染，藥商和他就要面對一場大風暴，死者親屬更可能向藥商和醫院索償，作為研究藥物的核心醫生，司徒教授的名譽定必受損，日後想再尋求藥廠資助研究經費就困難多了。

司徒教授鑑貌辨色，知道霍教授明白化驗結果背後的重要性，續說：「上一次的死者由一名姓徐的醫生操刀，陳嘉薰醫生監督，如此重要的剖驗由他倆負責，我認為很不理想。所以今早去世的病人，我想請你幫忙，畢竟你是香港首位女法醫教授啊！」

哼，對於這頂高帽子，霍教授有點抗拒和煩厭。

幾年前開始研究安本胺基時，司徒教授找霍教授幫忙解剖老鼠，然後一同分享研究成果，後來好不容易成功向藥廠爭取資源，又撰寫臨牀試驗申請；結果申請一獲批核，司徒教授就過河拆橋，將所有臨牀結果都歸到自己名下，想獨攬功勞，現在出了岔子，就想到找霍教授幫忙，收拾殘局。儘管如此，霍教授還是擺出一副笑容，謙虛的表示：「哪裏哪裏。」

「那先謝謝你了。為免更多病人因服用安本胺基出現問題，我決定提早終止這項臨牀研究，以後有什麼研究，我們再合作吧。」司徒教授一語雙關，預示這趟解剖之後，他們會有再度合作的機會，甜頭在後頭。

霍教授明白，如果推卻解剖，就實在太不領情，便識趣地問：「病人叫什麼名字？」

「崔雄。來自深切治療部。」

「其他病人如何？」

「還有兩個病人出現肚瀉病徵，三天前我為他們處方了『清菌妥』，剛剛跟進過，情況已有好轉。」

霍教授當然聽過蘭陽藥廠的「清菌妥」，她問：「那麼連化驗也省下了？」

「當然。」司徒教授自信滿滿，為自己的安排感到一陣飄飄然，心忖一切可以臨牀判斷，又怎會自找麻煩去化驗糞便，那豈不是多此一舉？糞便裏有沒有毛霉菌，就讓它成為永遠的祕密好了。說完，他站起來準備離開。

「司徒，你終止研究，就得通知藥廠停止生產藥物啊。」

「這個當然。這批次的安本胺基剛好用完，藥廠也表示不再供應藥物。」

「嗯，我們從老鼠實驗得知，對肺擴散的腫瘤，只要將安本胺基霧化，直接輸入肺部，化療效果更佳，你試過嗎？」

「這點我知道。崔雄轉到深切治療部之前插了喉，無法進食，我暫停了口服劑，改以霧化的化療藥治療。盛慈，你可想得周到，呵呵……」大家心照不宣，沒再多說。

霍教授明白，三個病人死了，另外兩人出現腹瀉病徵，五個人全都服用了同一批次的安本胺基，明顯這抗癌藥殺人的嫌疑很大。

在一宗謀殺案裏，如果要洗脫罪名，除了不留下證據，還要製造疑點。法律上，疑點利益是站在疑兇一方的。

看着離去的司徒教授的背影，她心忖，他計劃得可周詳，在不留證據和製造疑點上，都做齊了。

我將盡我的力量維護醫業的榮譽和高尚的傳統。

8

同一天早上，肥朱在走廊上遇見徐醫生，她步履急速，正要趕往楚醫生的實驗室。

「Donald 又約會你？」肥朱拿着朱古力甜筒，眼睛瞇成一線，像三姑六婆般探問徐醫生。

徐醫生唬她：「你別亂說。昨天放工前，他約我今早討論前幾天的解剖結果。」

「哦，原來『公事私用』。」肥朱咬一口甜筒。

徐醫生揮一記粉拳，打在肥朱軟綿綿的肩膀上，笑着說：「再說，這一拳就打掉你的甜筒。」

「其實，我也想跟你和 Donald 談談解剖的微生物報告。」

「那我們一道走吧。」

「但我怕……我霎時出現，Donald 會殺了我。」

這時嘉薰醫生也趕上來，問：「徐醫生，你是不是到楚醫生那裏討論毛霉菌一案？買了早餐沒有？」就提起手上醫院餐廳的塑膠袋子，徐醫生說用過了。

肥朱知道有伴，頭往楚醫生辦公室的方向一甩：「那麼一起到實驗室再談吧！」

為了今早的「約會」，楚醫生特別提早一小時起牀，洗頭，塗上定型髮水，刻意把頭髮梳攏，半遮蓋着那惱人的「不毛之地」。打開衣櫃，面前有幾十條不同款式的領帶，像軍兵列隊般由他檢閱，當他正迷惘該挑哪一條才好，活埋在記憶土壤底層的兒時廣告語，不知怎地竟然冒出來——斜紋代表勇敢果斷，圓點代表愛慕關懷，方格代表熱情慷慨，碎花代表體貼溫馨……嘩！都什麼年代了，還那麼老套，絕對不可以讓女孩子知道；刻下卻又為該表達「愛慕關懷」的圓點還是「體貼溫馨」的碎花躊躇好一陣子，最後，他精心挑選了圓點款式。結好領帶，穿上燙得筆挺的藍色恤衫，正要塗點「男士魅惑」系列古龍水時，想起上回見 Cherry 時已經塗過，就換上「大地清香」系列。

來到實驗室，他披上簇新的白袍，等待徐醫生的出現。

毒理病理科實驗室的層架上，列着一排排試管，他面向電

腦，心不在焉的不時從試管間的縫隙偷望，看徐醫生何時出現。

啊，伊人到了，他馬上站起來，低頭佯裝觀察試管的化學反應。

「嘩！側身四十五度，一手托腮沉思，一手插着褲袋，太刻意了吧！」料不到轉角傳來的，是肥朱的笑聲。

楚醫生抬頭張望，原來跟在後面的徐醫生和嘉薰醫生在門外遇見朋友，佇足傾談。

「看你，不嚇跑人家才怪！」肥朱跟楚醫生熟稔，常常老實不客氣。

「不好看嗎？」楚醫生緊張兮兮的拉直衣服和白袍，挺起胸膛。

肥朱左手叉腰，右手在空中一揚：「本小姐是為討論案情而來，不是給你作形象顧問。」

徐醫生和嘉薰醫生登登的走來，問道：「顧問？要請教顧問醫生嗎？」

肥朱用手肘輕撞楚醫生一下，瞇着眼小聲說：「要馬兒好，就要給馬兒吃草。要請顧問，飯錢省不得，明白嗎？」

楚醫生也用左腳回敬肥朱，踩她一下，白她一眼，說：「整天吃吃吃，當心病從口入。」

徐醫生和嘉薰醫生給弄糊塗了，就問楚醫生：「怎麼？死者吃下含毛霉菌的食物嗎？」

楚醫生在電腦前一邊輸入密碼，一邊說：「有可能。你們看，這是三個感染毛霉菌病人的資料。」檔案開啟，三個病歷同時展示眼前。

為方便毒理分析，楚醫生的電腦裝有特別軟件，只需鍵入不同病人的資料，電腦便會理出病人的共通點，從而分析什麼藥物或食物可能是中毒元兇。

徐醫生掃視屏幕上的結果，說：「嗯，三個病人都來自外科，曾入住 A2 病房，患有肝膽或胰臟癌，主診醫生同樣是司徒教授，毛霉菌來自糞便樣本，血檢出現紅血球和白血球下降，肝功能紊亂，以及都服用過……安本胺基？安本胺基是什麼？」

「前幾天，你在死者胃裏發現的膠囊藥丸，我研究過成分，正是未被完全消化的安本胺基，由蘭陽藥廠生產。」楚醫生回答。

「蘭陽藥廠？大藥廠呢！」徐醫生從白袍的襟袋子抽出一支原子筆，上面印有蘭陽藥廠商標和「清菌妥」這藥名，道：「這昂貴而闊光譜的抗生素，正是由她生產。」

嘉薰醫生附和：「我現在用的環保袋也是蘭陽藥廠的贈品。」

肥朱笑着説：「曾經暫居在我肚子裏的燒賣咖喱角，也由她提供。」

楚醫生沒好氣，就把幾份早預備好的文獻放在桌上，説：「這是有關安本胺基的研究，都是在動物身上的實驗。據聞是一種很有前景的標靶抗癌藥。我查過，藥物剛在龍頭醫院進行第一期臨牀試驗。」

藥物的特性通過動物實驗，確定療效、毒性和安全之後，還要經過三期的臨牀試驗，才可以廣泛應用到病人身上。第一期臨牀試驗的主要目的，是探討藥物在人體的正確劑量和安全性，一般由二十至一百名健康志願者組成。當證實安全後，第二期的臨牀試驗則着重療效和副作用，多由一百至三百名病患志願者參與，而第三期臨牀試驗就涉及數以千計的病人，通過對照組的試驗——同時研究服用不具療效的「安慰劑」[3]或其他有效藥物，以及服用接受試驗的藥物兩個志願者組別，比對藥物的真正療效，過程極為嚴謹。

「嗯，文獻多由冷麪和霍教授撰寫呢！」肥朱把資料翻一遍。

楚醫生點頭：「這項全球首次的臨牀試驗，正是由司徒教授帶領。」

「司徒教授野心好大，一開始就把藥物應用在癌症患者身上。」嘉薰醫生顯得不忿。

「哼！他真好運。如果用在健康的人身上，接受試驗的人死了，冷麪就更『一身蟻』。」肥朱附和。

「在少數的藥物研究中，尤其是醫治末期癌症的針對性藥物，第一期測試已經可以應用在病人身上。」楚醫生掃視三人，繼續解釋：「我輸入關鍵詞『安本胺基』嘗試搜索，發現醫院裏共有十名病人參與試驗，服用過安本胺基，十人都患有肝膽胰臟癌，由司徒教授親自跟進，十人的紅白血球都有下降迹象，但只三人證實感染毛霉菌。」

「你是懷疑，安本胺基是毛霉菌的源頭？」嘉薰醫生問。

「我無法確定，這些只是病人的共通點，不能妄下結論。」楚醫生攤開手，「Cherry，解剖結果確定毛霉菌的感染途徑嗎？」

徐醫生被這樣一問，不得不重新分析手上的證據，眼珠子流轉一會後，回答：「死者肺部並沒有發現毛霉菌，腸胃、腹腔，甚至肚皮上排放腹水的針孔卻滿是毛霉菌，但我也不清楚，到底毛霉菌是經皮膚接觸後，由肚皮的傷口蔓延至腹腔腸胃——」

楚醫生敲打桌面一下，表示徐醫生立論正確，正中問題要害，脫口接上：「還是逆向感染——毛霉菌被吃進體內之後，由腸胃擴散至腹腔和肚皮的傷口？」

徐醫生不期然望嘉薰醫生一眼，像要尋求協助。

嘉薰醫生打開塑膠袋子，取出雞扒套餐，指頭在桌面彈了一下，同意他們的見解：「這是非常重要的問題，要如何分析毛霉菌的感染路徑呢？」想了想，對肥朱說：「上星期我們從病房收集的三百多個樣本，都沒發現毛霉菌吧？」

肥朱點頭，道：「對，這似乎證實了毛霉菌的源頭並非來自醫院環境，但說是來自安本胺基，卻仍嫌理據不足。」

「腸胃的內壁和食物都有毛霉菌？」

「這是今早我到這裏的原因。食物、膠囊和藥丸表層滿是毛霉菌。」

嘉薰醫生呷一口檸檬茶，陷入沉思，身體的毛霉菌，是由外而內，還是由內向外感染呢？問題一下子揑住他。

肥朱指着嘉薰醫生外帶盒中的雞扒和炒蛋，問楚醫生：「又來到雞和蛋的終極之謎了，到底先有雞，還是先有蛋呢？」

楚醫生望向徐醫生。

徐醫生就轉過去望向嘉薰醫生，他正切下一片雞肉，送進口中，一邊咀嚼，一邊思索。

每逢遇上難題，徐醫生總會想起嘉薰醫生，彷彿在他那裏就能找到答案，即使他靜默不語，那沉思睿智的神情，也極吸引她，給她最安全的支持。

如此，肥朱、徐醫生和楚醫生的目光，都往其他人送去。

肥朱望楚醫生。

楚醫生望徐醫生。

徐醫生望嘉薰醫生。

嘉薰醫生抬頭轉向肥朱，說：「朱醫生，我可以到你的實驗室一趟嗎？」自信的眼神告訴大家，他有了頭緒，掌握到攻破案件的線索。

徐醫生望着嘉薰醫生，心裏暗地穩妥下來，剎那之間，楚醫生從徐醫生眼神的微妙變化中，看到了少女心事。而肥朱呢，雖只一瞬即逝的神情轉變，她知道楚醫生終於發現了徐醫生的什麼……

雖然朱楚倆對某些心底事多了一份了解，但都沒說什麼，只是調整好心情，因為有更重要的死因研究正等着他們。

* * *

三天後，微生物部門的會議室。

我們四人圍坐在桌子旁，我先提出：「要清楚毛霉菌的感染途徑，便得分析它的濃度。」然後望向對面的肥朱，示意她接下去。

肥朱拿出紙和筆，在紙上畫了兩條平行線，中間是一個膠囊，解釋道：「這是腸道，裏面是安本胺基。當我比對腸道和身體其他器官的毛霉菌濃度，發現毛霉菌在胃部和小腸的平均濃度，比其他器官的多出三至十倍。」肥朱頓一頓，「以毛霉菌的濃度分析，我們得出以下結果。」在紙上寫上——

腸胃 > 腹腔 > 肝臟 > 肚皮傷口

徐醫生馬上意會：「這表示病源是由消化系統擴散開去，而非由外而內的把腸胃和體內的安本胺基污染。」

楚醫生嘖嘖稱奇，「嘩」的一聲：「利用傾斜的濃度探索感染路徑，好計！」

徐醫生也猛地點頭，表示欣賞，雙手在兩頰處輕輕一拍，誇張的說：「肥朱，你好厲害！」兩人繼而擊掌。

肥朱站起來，前臂橫放腰間，深深鞠躬，像完成一場超水準的表演。「多謝大家讚賞，這是嘉薰醫生的主意。」

徐醫生豎起拇指，分別向肥朱和我送上一個「Like」。

我開懷地笑了，讚賞道：「大家都做得很好！」一轉念，仿如有一團烏雲飄過，壓在頭頂之上，把笑容蓋過。我總結道：「這傾斜的濃度證明毛霉菌經由進食感染，種種迹象顯示，安本胺基極可能是感染源頭！為遏止再有病人受害，下一步就是調查該批次的安本胺基是否受污染，暫停病人繼續服用，也要回收藥物進行檢驗。」

大家面面相覷，明白到這一宗「命案」意義重大。

我雙手環抱胳臂，語氣沉重的說：「我們得儘快聯絡衞生署，巡察藥廠，徹底檢查安本胺基的生產線，看看有否被毛霉菌污染，以及有沒有其他藥物受影響，要及早防治，免更多人受影響。」

雪球彷彿愈滾愈大，牽連正逐步伸延開去。我們如臨大敵，但每個人的目光異常堅定。

我轉身給衞生署撥了一通電話，告知發現，並建議巡查安本胺基的生產線，也要通報病人回收藥物。

*　　　*　　　*

三天後，我收到衞生署的回覆，由於安本胺基是新研發的藥物，有專門的生產線，而藥物在一星期多前已因成效不彰而停止生產，同批次的藥物已經銷毀。

司徒教授亦表示提早終止臨牀試驗，不再處方安本胺基，藥房向病人回收的藥物，皆屬不同批次的安本胺基。

之後，我和衞生署人員突擊巡查蘭陽藥廠，準備從安本胺基的生產線大規模取樣，以作檢測。

站在粉嶺總廠房門口迎接我們的，正是「啤梨」，他似乎忘記了我。

「啤梨」跟我們逐一握手，笑呵呵的說：「隨便查，隨便查，查清楚大家也放心。」看他不可一世的模樣，似乎對巡查無任歡迎。

他又說：「我們開門做生意的，聲譽最重要。如果有不合格的地方，我們一定改善，但如果廠房沒有違規的話，麻煩大家為我們澄清謠言，還我們一個公道。呵呵！」說罷就吩咐下屬招呼我們。

進入廠房，我才知道由於安本胺基已經停產，生產線在幾天之前已徹底清潔，且換上生產另一種藥物。

廠房出奇地整齊乾淨，像早有防範似的；用於儲存原料和成品的容器擺放得井井有條，封蓋蓋好，材料的名稱、製造日和過期日標示清晰，粉劑製造室、液劑製造室等作業場所劃分明確，職員進入不同場地之前要穿上防菌衣，不同清潔度的區域之間，都設有緩衝空間或前室，更以不同顏色及工作服區分，隔離效果及清潔度完全符合標準。搬運原料品與藥廠職員分別設有專用通路，以防交叉污染。半製成的藥品亦隔離貯存，燈火明亮，通風和空氣過濾系統設備齊全，溫度維持在攝氏十九至二十七度，相對濕度則在百分之四十至六十之間，溫度和濕度控制準確……

如此嚴謹控制品質的藥廠，生產的安本胺基竟有可能被霉菌污染，真令我難以相信。如今，就像在一宗命案中，犯人得悉警方和鑑證人員即將到來取證，於是早有預謀地徹底清理現場環境，使之無法蒐證。

是我疑心太大嗎？難道安本胺基並非真兇？我的信心開始動搖。

一如所料，藥廠的樣本全對毛霉菌呈陰性反應。

對着報告，我彷彿看到一個龐大的集團，居高臨下的重壓着我，藐視我，而我手中，就只有「傾斜的毛霉菌濃度」結果，以及由楚醫生提供關於安本胺基的佐證，這些證據有絕對的說服力嗎？相比之下，它們顯得如此微不足道。在藥廠的強大團隊面前，我覺得自己近乎以卵擊石。

我不肯定自己的推測是否準確，但如果安本胺基真是殺人兇手的話，上帝啊，願我擁有《聖經》中少年大衞的信心，單純地相信你，即使手握的只是一塊小石，只管用力投出去就將巨人歌利亞擊倒……

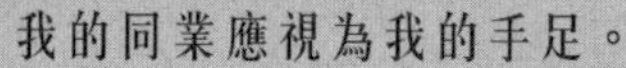
我的同業應視為我的手足。

9

三個月後，死因裁判法庭。

龍頭醫院外科部兩個月內共三名患肝膽胰臟癌的病人相繼去世，他們生前都從糞便樣本中證實感染毛霉菌，由於事件罕見，甚至可能與服用的標靶藥安本胺基有關，死因裁判法官決定展開死因研訊，以確定三人死因是否涉及醫療失誤或藥物污染。站在公眾利益層面，法官會根據死因作出建議，除了希望防止同類事件再發生，死者家屬亦可憑法庭判決追究責任，申索賠償。

死因研訊跟審訊刑事案件不同，刑事案件中陪審員須根據證供，決定被告人是否有罪，但死因研訊旨在判定致命原因，以及與死亡有關的情況，如自殺、意外、死於自然或不幸、合法（自衛）或非法殺人等等，辯論重點在釐清死亡的疑點，代表醫院、死者家屬、律政署或藥廠等的律師並沒有控方辯方之分，因此甚少針鋒相對的場面，這跟電視和電影裏的刑事法庭情節很不一樣。

死因裁判法庭不大，但氣氛同樣嚴肅。法庭，總給我神聖的感覺，這裏是秉行公義的地方，讓我想到《聖經》的教誨：「你要在耶和華——你神所賜的各城裏，按着各支派設立審判官和官長。他們必按公義的審判判斷百姓。不可屈枉正直；不可看人的外貌。也不可受賄賂；因為賄賂能叫智慧人的眼變瞎了，又能顛倒義人的話。你要追求至公至義……」

人心叵測，難以猜透，也很容易被個人利益賄賂，法庭上的供詞，多少是為了自保？又多少是為公平公義？有時連自己也理不清。利慾薰心，每個人都有不可告人的祕密，也懂得矯飾言詞，審判官要理出真相，談何容易！這樣，《聖經》的提醒，更見發人深省。

「耶和華啊，誰能寄居你的帳幕？誰能住在你的聖山？就是行為正直、做事公義、心裏説實話的人。」如果每個人在法庭裏，都像在上帝面前一樣，行事端正公義，證供誠實可信，審判自然容易得多。

法官入席，眾人站立，鞠躬，坐下。法官的位置高高在上，俯視陪審團、律師、證人、警察和公眾席上的旁聽者，案件開始審理。

「本人司徒永熙謹以真誠發誓，本人所作之證供皆為真實，及本人所見之事實的全部。」司徒教授在庭內朗聲宣誓。

每次聽到這誓詞，總教人疑惑，什麼是「所見之事實的全

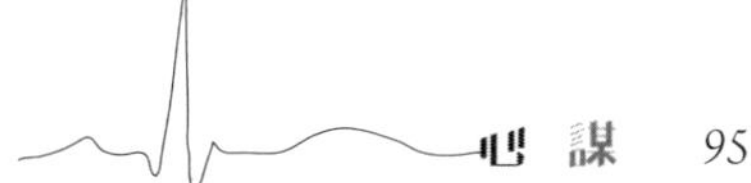

部」？法庭強調的，該是探求真相，但真相，都是肉眼能看見的嗎？Seeing is believing，誓詞只談所見的事實，我卻相信，人的心比什麼都重要，那裏才最貼近事實。正如法國文學名著《小王子》裏，狐狸對小王子說：「只有用心才能看得清楚，真正重要的東西，用肉眼是看不見的。」

狐狸？人在法庭，為了個人利益，都會變得像狐狸般狡猾嗎？

*　　*　　*

今天是研訊的第二天，昨天法庭傳召了三名急診室的醫生作供，現在處理的病人名叫崔雄，是第三名服用安本胺基並離世的病人。

徐醫生特地向濟民公眾殮房告假一天，旁聽聆訊。我和她並排坐在旁聽席上，看見霍教授坐近證人席入口的一角，衣着光鮮，神情嚴肅，身旁的公事包端正的放在凳上，一個粉紅色封面、印着「機密文件——解剖報告」的公文袋擱在膝上，看來她是下一個被傳召的證人。

「司徒教授，首先多謝你百忙中抽空作證。」司徒教授聲名顯赫，法官語氣顯得客氣。「我知道你職銜很多，請簡述你的專業資歷和主要職務。」

「本人為加拿大、英國、澳洲及香港外科榮授院士，現職龍頭醫院外科部主管及講座教授，身兼副院長和藥劑部醫生主席。」司徒教授說時從容不迫。

「謝謝。」法官用筆記下。「請你說說崔雄的病況。」

家屬席和證人席分別在法庭的兩邊，那裏坐着崔雄的母親，一頭銀白短髮，身穿黑色碎花布衣，外披一件深褐色背心，本來呆滯的目光，一聽到要談崔雄的病況，就往司徒教授那邊望過去，眼神流露出一份迷惑不解。

這場牽連到藥物的死因聆訊，對這個七十多歲的老人家來說，會不會太複雜？死者已矣，老態龍鍾的她真能理解聆訊的意義嗎？

司徒教授翻開面前的病歷，讀出崔雄的病況。

崔雄罹患胰臟癌，死前大半年第一次見司徒教授時，腫瘤已經擴散至淋巴腺，無法用手術根治，由於當今醫學界對此惡疾並無良方，但從動物研究中，抗癌標靶藥安本胺基或對病人有所幫助，跟司徒教授商討後，崔雄自願當上「白老鼠」，參與安本胺基試驗研究。病者死前兩個月肺部出現陰影，掃描證實染上肺炎，癌細胞亦轉移至肺部和肝臟，體重只餘四十五公斤。「是典型的『惡病質』(Cachexia)。」司徒教授強調。

「由於崔雄癌病擴散，身體虛弱得很，血檢顯示腫瘤指標 CEA

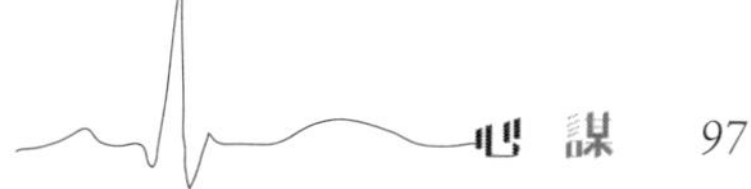

(Carcinoembryonic antigen)竄升至超過一千，死前一星期因腹瀉肚脹入院，後確診感染毛霉菌；雖經醫治，最後在深切治療部死亡。」司徒教授合上病歷，作供完畢。

生產安本胺基的蘭陽藥廠代表律師站立，向法官呈上關於安本胺基的研究，文獻由司徒教授和霍教授執筆，然後問司徒教授：「作為肝膽胰臟癌專家，你是根據醫學研究結果，相信藥物對病人有幫助，才進行醫治嗎？」

「對。醫學上稱為Evidence-based。任何治療，都講求證據，按照研究結果進行。」

「就是說，由於崔雄的癌病擴散，在無藥可施之下，你認為抗癌標靶藥安本胺基可能對他有幫助，對嗎？」

司徒教授肯定的點頭：「我如此認為。」

「司徒教授，你剛才說病人有典型的『惡病質』，請你解釋一下什麼是『惡病質』？」

「那是末期癌症的徵象。病人因癌病而全身消耗，出現營養不良、虛弱和瘦骨嶙峋的情況。」

「那以你的專業判斷，如果病人出現『惡病質』，他還可以活多久？」

「以末期胰臟癌來說，絕少病人可以活超過兩個月。」

「如果我說，崔雄接受了適切的治療，也在預見的時間內死亡，你是否同意？」

「同意。」司徒教授嘴角微微向上一揚。

代表藥廠的律師微笑點頭，轉向法官：「法官大人，我發問完畢。」

陪審團低頭記下剛才的對話。一陣冷風，自背脊直竄向腳掌，我很清楚藥廠律師的意思 —— 只要病情不是因藥物而變差，藥廠就無須為病人的死負責。

倒是代表家屬一方的律師一針見血：「司徒教授，死者生前感染毛霉菌，以你的經驗，如果不是毛霉菌，他的壽命會長一些嗎？」

司徒教授沉思須臾，神情一貫的嚴肅。問題來到樽頸的位置，必須小心作答。我不清楚死者的解剖結果，但如果本身免疫力極低的崔雄死前感染毛霉菌，毛霉菌自然是導致死亡的其中一個可能原因，要是司徒教授也認為如此的話，那就等於間接地表示不排除藥廠要為所生產的安本胺基負責，而他的個人聲譽也無可避免地受到拖累。

但我相信，以司徒教授的經驗，早該預見這個問題吧。他用專業的口吻答道：「恕我無法回答。末期癌症病人的情況，隨時可以急轉直下，無法預計。我為崔雄搶救時，用上了醫院最先進的

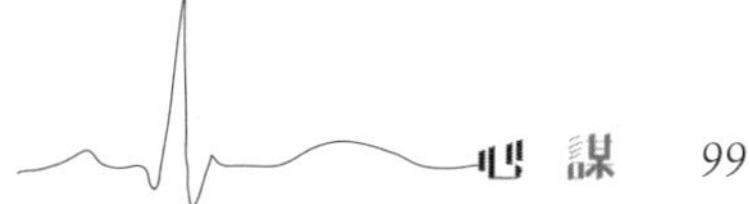

藥物和 big gun antibiotics（高效力的抗生素），以我多年的臨牀經驗，即使病人感染毛霉菌，也該受到控制。至於真正死因，由於我已將個案呈報死因法庭，不便推測。」

各方代表律師沒有提出其他疑問，於是法官轉頭，問坐在右邊的崔婆婆：「死者家屬有沒有問題要向司徒教授提出？」

崔婆婆有點愕然，料不着自己也有發言權，她像在茫然中被喚醒，一時不知所措，頓了一會才發問：「我想問司徒教授，我兒子得了癌病，過去一年過得好辛苦，他……死時是不是很安詳？」

庭內幾乎所有人都怔一怔，有的更面面相覷。法官微笑，轉向左邊證人席上的司徒教授：「請你回答崔婆婆的問題。」

「崔雄患末期胰臟癌，雖然痛苦，但死前我們為他用上最好的止痛劑，他是在睡眠狀態中安然離世。」司徒教授直望着崔婆婆説。

婆婆留心聽完，鬆口氣，説：「那我就安樂了！」

*　　*　　*

法官請司徒教授退下，請霍教授上庭。

霍教授的解剖報告，該有事情的真相吧？我坐直身子，預備專心聆聽。

宣誓後，霍教授讀出解剖報告，不徐不疾，自信滿滿。

解剖發現，崔雄胰臟癌已擴散至肺部、肝臟、淋巴腺、脊髓等器官，這是致命原因。至於毛霉菌，只有少許存於腸壁、氣管和肺部。

肺部？我驚訝。難道是吸入性感染？這是關鍵的發現，也是指控安本胺基致命的一大疑點。

「解剖總結是，崔雄因癌症擴散而死。」霍教授「啪」的合上印有「機密」字樣的文件夾。

藥廠代表律師站起來，問霍教授：「謝謝你，霍盛慈教授。你的解剖做得認真而全面，不愧被譽為『香港第一女法醫』。我想請問你，如何解釋毛霉菌在肺部出現？」

「毛霉菌本身存在於空氣中，絕大多數的毛霉菌感染，都發生在抵抗力弱的病人身上，經呼吸道進入人體，先感染肺部，再擴散至其他器官。」

「你相信崔雄的腸壁受到感染，也是這個原因？」

「這是最可能的解釋。」

「毛霉菌會與他的死亡有關嗎？」

「我認為是癌症擴散導致惡病質而最終致死的因素較大。」

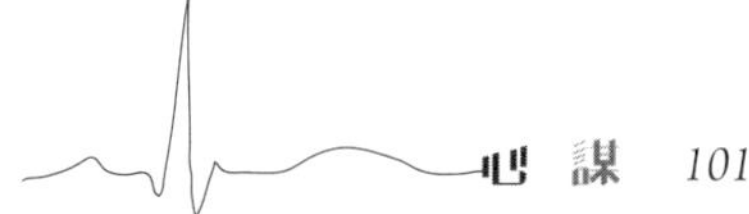

律師鞠躬坐下。

輪到代表家屬的律師發問：「霍教授，你可否澄清，崔雄肺部的毛霉菌和安本胺基有關嗎？」

「我無從確定，因為解剖期間我沒發現崔雄體內有安本胺基膠囊。我不可能對**看不見**的東西作出揣測。」霍教授語氣堅定。

我想起，崔雄轉到深切治療部四天後才宣布死亡，他早就停止口服安本胺基吧，腸胃的藥物也該消化淨盡了。

這時，我左邊肩膀被輕碰一下，徐醫生輕聲告訴我，在龍頭醫院還有事情處理，要先行離席。

「請問霍教授，除了腸道、氣管和肺部，其他器官有沒有毛霉菌？」律師繼續發問。

「沒有。」

「如果毛霉菌是經由肺部感染再擴散全身，為什麼其他器官沒有發現呢？」

律師問得好，但霍教授明顯早有準備，胸有成竹的答道：「其中原因，我相信是死者的毛霉菌感染已受控制；另一重要的解釋是，腸道的毛霉菌極可能是來自病人的痰涎——肺部受感染後分泌的痰涎，會被帶上氣管，再給病人吞下，這樣，腸道就屬於第二感染。」

如此，崔雄體內的毛霉菌，並無證據顯示來自安本胺基！

我屁股磨蹭着座位，有些不安，看來崔雄是死於自然，家屬要提出索償，肯定是困難重重的。

藥廠代表律師翻弄解剖報告，躊躇滿志，一副得意的模樣，彷彿手中把弄的，是自己的玩偶。

法官又問崔婆婆有沒有問題。

剛才的邏輯推論，對婆婆來說，委實太深奧了，只見她疑惑的問：「我幾十歲了，聽不明白，請醫生直接告訴我，我兒子有沒有服用毒藥？」

法官示意霍教授，她回答：「沒有證據顯示他吃過受污染的藥物。」

婆婆釋然地鬆口氣，喃喃地：「那阿雄就安息了，他不是枉死。」

法官馬上糾正她：「婆婆，案件仍在審理，未可作出這結論，或者你兒子吃過污染物，只是暫時沒有證據，死因仍在研究中。」說罷自己也搖搖頭，彷彿這番話很難叫婆婆明白，就情願這樣打住了。

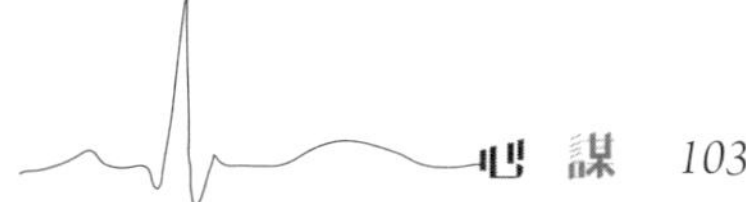

無可否認，所有結果都可以理解為死於自然，與安本胺基無關，表面證據成立。但真相是否如此？我實在不確定。

望着霍教授堅定的眼神，十足司徒教授，我忽然懷疑，以他們的交情，加上我跟他們交手的「往績」，這份解剖報告是否中立公正？報告會否向司徒教授和藥廠傾斜呢？

相比藥廠律師的胸有成竹，家屬代表律師就顯得勢孤力弱。真相，如何愈辯愈明？藥廠財雄勢大，會不會隻手遮天，蒙蔽事實？

宋明清的妻子也在旁聽席上，顯得心事重重，她左手搭在身邊坐着的少年人的肩上，兩人緊張得彼此靠着。少年人大約十三、四歲，樣子像極宋太，大概是她的兒子吧。當宋太聽到崔雄的死因與毛霉菌無關，以及沒有證據證明崔雄體內的毛霉菌來自安本胺基時，母子倆靠攏得更緊，像前面被什麼惡勢力咄咄相逼，彼此要携手同心面對。這時宋太望我一眼，那眼神，像要把一切指望都交託給我，我腦裏又迴蕩着她那句語重心長的話：「真的這樣就好了。我先生被送來運去，捱這一刀也是值得的。」

我和徐醫生如何倚靠單薄的解剖發現，還死者和家屬一個公道？事實能否勝於雄辯？

*　　*　　*

整個法庭裏，除了蘭陽藥廠的負責人，沾沾自喜的，還有司徒教授。

聽罷霍教授的陳詞，司徒教授臉上緊繃的線紋逐漸緩和下來，心頭冒起一股衝動，想上前祝賀霍教授的完美演繹。這份解剖報告真像樣，這刻他才真正明白，解剖結果可以對自己和藥廠起了如此關鍵的作用，簡直是無懈可擊呢！他心裏暗中讚歎，卻表現得深沉，一貫的把喜怒深藏。

幾個月來，三宗毛霉菌個案像載浮載沉的夢魘，不時攪動他，叫他難以安寧；現在剖驗結果顯示，崔雄因癌症擴散死亡，他終於可以鬆一口氣。只要無法證實病人的死因與他的研究有關，就可以避免許多麻煩，想起要進出法庭就叫人生厭。

唉，以為安本胺基可以帶來劃時代的研究成果，萬料不到副作用多多，出了這般岔子，幸好臨崖勒馬，只有三個病人死亡，算是不幸中之大幸。

在法庭裏，他甚至有一刻神遊，緬懷曾經風光的日子，「香港肝手術」已成過去，安本胺基研究亦已告吹，還有什麼可以令他再次聲名大噪呢？他立時想到好幾個研究方案，可惜都被其他國家的研究團隊捷足先登，該重複別人的研究嗎？這樣還有承先啟後的價值嗎？一時間他也拿不定主意。

霍教授站起來，離開證人席。作供才半個小時，人卻感到虛脱，剛才坐得繃緊，現在後頸痠痛，但還得保持形象，挺直身子

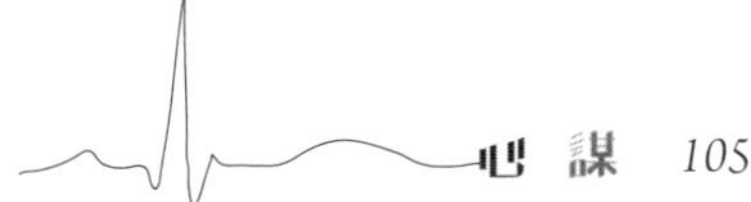

步出證人席。她瞥司徒教授和嘉薰醫生一眼，仍舊一副板起的面孔。一踏出法庭，她就用指頭揉揉脖子，彷彿剛剛經歷了一場生死存亡的考驗，頓感釋然、輕鬆。

她清楚明白在庭上那番證供背後的意義。「我認為是癌症擴散導致惡病質而最終致死的因素較大。」強而有力地傳遞了一個重要的信息——崔雄是自然死亡。她想，解剖崔雄的胃和腸時，雖然沒有殘留的安本胺基膠囊，但病人腸胃受毛霉菌感染，一度令她認為這是服食性感染，這樣的話，藥物的嫌疑便很難被完全排除。

她心裏一度發毛，甚至想對司徒教授説愛莫能助，腦中重複着那天司徒教授向她強調：「崔雄轉到深切治療部之前插了喉，無法進食，我暫停了口服劑，改以霧化的化療藥治療……」嗯，明明曾經用霧化的安本胺基作吸入治療啊！於是她找呀找，在肺部、咽喉、氣管反復檢驗，把五十多張切片放在顯微鏡下，眼睛湊近接目鏡，一毫米一毫米的寸進搜索，像身處完美犯罪的案發現場尋找蛛絲馬跡般。

花了個多小時，眼睛被接目鏡下的強光照得乾澀發疼。她拿起桌上一小瓶人工淚水，仰頭滴下，心裏埋怨哪有人會如此認真的取樣檢驗呢，一般情況下，六七張切片已很足夠，對於這近乎歇斯底里的「緝兇」行徑，自己也覺得可笑，她也懶得去分辨，這究竟是求真的精神，還是另有「更重要」的目的，總之，讓人認為是嚴謹的解剖就足夠了，心裏的想法並不重要。

「算吧」的念頭，再一次從意識深處冒起，正當她準備放棄之際，接目鏡下肺部的一角，竟出現了幾根菌絲，一陣「眾裏尋她」的驚喜湧上心頭。她細心分析面前的真菌，又和腦海中毛霉菌的形態對照 —— 菌絲無隔，粗大而扭曲，分枝不多且雜亂，沒呈現叉狀分枝，直徑約 10 至 15 微米，入侵血管⋯⋯ 一切仿如臨摹般吻合。對，這是毛霉菌！

肺部發現毛霉菌蹤跡，形勢瞬間扭轉。

她煞有介事的圈起毛霉菌的位置，又在切片上畫星做記號，伸一伸懶腰，背脊沉沉的靠壓在椅背上，身體感到鬆弛又舒暢。大 —— 功 —— 告 —— 成！

擺在面前的事實，隨你詮釋。

呼吸道有毛霉菌，而毛霉菌存於空氣中，那就無法斷定感染是否與安本胺基有關。

既然安本胺基引致毛霉菌感染的論點存疑，就不可以説它一定是兇手。這疑點足以令安本胺基脱罪。

最後，她不難説服自己，崔雄的死是因癌症而不是毛霉菌。死於自然，自己答得一點不錯。

這一着，救了藥廠，救了司徒教授；因為保住他們，自己也被救贖了。

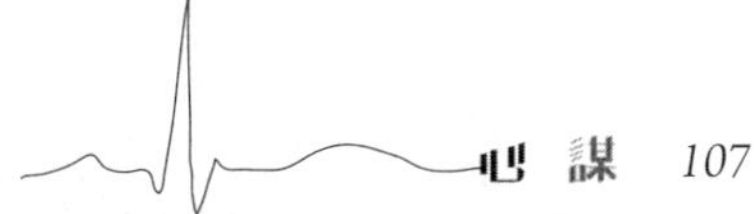

我將不容許有任何年齡、疾病或殘障、宗教、民族、
性別、國籍、政見、人種、性傾向、
社會地位或其他因素的考慮，介於我的職責和病人間。

10

中午休庭，各人魚貫離開法庭，由於下午醫院有會議，我到停車場取車，準備離開。

外面下着大雨，車泊在露天停車場，雨水沿着擋風玻璃儼如瀑布一瀉而下，我坐到車廂裏，扭動車匙，視野一片矇矓。

清明時節迎來這陣滂沱春雨，實在少見，我扭開收音機，天文台表示天氣持續不穩，局部地區甚至會有狂風雷暴。大雨殺得人措手不及，陰鬱的天氣也令人侷促不安。回想剛才法庭審理崔雄死因的一幕，我感到同樣的鬱悶困惑，事情發展仿如這場大雨，脱離了預計的軌迹。

我必須重新檢視解剖發現和證據。大衛對付歌利亞時尚且要挑選五塊光滑的石子，並帶備甩石的機弦，我也不能灰心，要為後天的聆訊作最好的準備。

我沒有馬上開車，就打開公事包，取出筆記簿，記下重點，好分析當前形勢。

安本胺基是兇手的理據：

1) 三名死者服用了同批次的安本胺基——説服力不強，可以解釋為純屬巧合，充其量只能作為佐證；
2) 利用傾斜的濃度，證實宋明清體內毛霉菌的源頭，來自腸胃——是口服感染；
3) 腸胃內的安本胺基表面，受毛霉菌嚴重污染。

安本胺基不是兇手的論點：

1) 藥廠環境清潔，沒有發現毛霉菌蹤跡，也沒搜出受污染的安本胺基；
2) 吸入性毛霉菌感染，遠比口服性感染更常見；
3) 崔雄一例説明，腸胃受毛霉菌感染，不一定是「病從口入」，也可以來自肺部！這一點，絕對可以推翻安本胺基是兇手的説法。

宋明清的解剖報告中，我和徐醫生一再強調「宋明清體內的毛霉菌源頭，相信來自腸胃，從毛霉菌感染情況，必須有足夠證據排除安本胺基受毛霉菌污染的可能性。」對着筆記簿上的重點，我倒抽一口氣，有點懷疑當初大家對毛霉菌的理解。

難道我錯了？

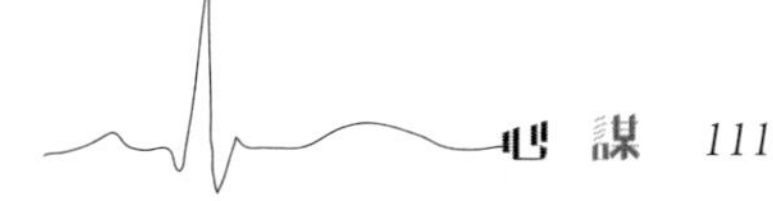

車子向着馬路，不遠處是宋太兩母子，他們撐着傘，冒着大雨奔過馬路，想要竄進一間快餐店，由於店子門口擠滿了人，他們顯得很狼狽，剛收起的雨傘倏地又再撐開，宋太和兒子半個身子和褲管都濕透了，他們擔憂的望天，像在問，這場暴雨幾時才會停下來呢？自宋明清離世，他們的生活是否也一樣陷入陰霾，疑因服用受污染藥物而枉死的愁雲，會揮之不去嗎？

不論當初對安本胺基和毛霉菌的結論是對是錯，解剖結果最後能否助宋氏母子獲得賠償，我的首要任務，就是找出事情的真相。

還有什麼可以幫我發現真相呢？我絞盡腦汁，卻似走到窮途末路，毫無頭緒。

我叫自己冷靜，腦際重新檢視醫院的資源、最新科技的突破……

剎那之間，靈機一動，我竟遺漏了一項重要的檢驗，那是分析死因的關鍵，甚至有機會推翻霍教授和司徒教授對崔雄死因的理解。他們的證供完全摒除安本胺基的嫌疑，一面倒指向崔雄死於癌症，我該站出來挑戰他們嗎？

雨點千絲萬縷，眼前景象扭曲，真相也像被扭曲了。

法庭是追求公義的地方。我相信真理和公義，但如果在追求公義的過程中，需要作出犧牲 —— 與霍教授和司徒教授對峙，揭他們的不足和偏私，得罪他們，極可能影響我的工作和前途，這我仍願意嗎？我啟動擋風玻璃上的雨刷，視野才稍清晰，一刻之後又回復模糊。世途險惡，面對前方的風暴，我該勇往直前嗎？

如果付出一切可以幫助死者或親屬還好，但剛才崔雄的母親，看來似乎很安於崔雄死於自然，一旦抖出崔雄因服用發霉藥物致命，會為她帶來打擊和傷痛嗎？真相幫得了她嗎？

算了吧，複檢可麻煩！多一事不如少一事，畢竟崔雄又不是我的病人，擅自研究其他醫生的病人很缺德呢。唉，做好宋明清的剖驗便好，人的力量有限，無法幫助所有人，況且天底下有需要的人多的是！教授得罪不得，人在江湖呀！就當今天沒來法庭旁聽吧。我企圖這樣說服自己。

但耳際響起一把聲音——嘉薰，法醫不是探求真理嗎？你為何要狠心向真相別過臉呢？

上帝啊，你有你的美意，請給我智慧，教我何去何從，為我找一條兩全其美的路。我該如何既不會得罪同僚，又可以幫助病人呢？我如同羊進入狼羣，要怎樣實踐「靈巧像蛇，馴良像鴿子」呢？求你指示我吧！

除了嘩啦嘩啦的雨聲，我聽不到任何回應。

正當我準備開車，電話響起，是雯來電。

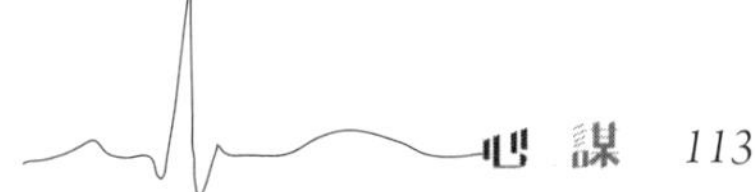

雯正和一個畢業生聚舊，學生告訴雯，她哥哥一年前去世了。

雯把電話交給學生，那學生跟我說，她哥哥曾經濫藥，沉淪毒海，兩年多前因藏毒被捕，在獄中痛改前非，出獄後十個月被發現暴斃家中。

「哥哥獨居，警察在他家中發現毒品和針筒，認為他故態復萌，因吸毒致命。」學生冷靜的說：「我們一家都相信哥哥，認為那些毒品只是舊友留在他家裏，他已經改過自新，不再吸毒，但幾乎所有人都不相信。」

我用心聽下去。「直到解剖完畢，證實哥哥因心臟病喪命，與毒品無關，而從頭髮樣本中，知道他出獄後沒再沾上毒品，這結果叫爸媽為哥哥高興，不單還他一個清白，也叫我們感到驕傲。」

「剛才和雯老師談起，發現她的醫生男友原來是陳嘉薰，我好高興耶！因為幫哥哥解剖的，正是你呢。嘉薰醫生，我在這裏正式向你道謝。」雯的學生興奮的說。對我，是一個意外驚喜。

雯接回電話：「嘉薰，你的工作真有意思！」

我滿足地笑了。誠然，專心一意把解剖結果繫在病人和親屬的福祉上，是一件很值得的事情。

我本想和雯分享剛才內心的掙扎，但似乎這不是很好的時機，就掛線了。

雨依然淅淅瀝瀝，雷暴警告持續，我把雨刷的速度加快，困擾的思緒隨着雨刷一來一往，全給掃清，我的視野頓時開闊不少，就把車駛前去……

*　　　*　　　*

霍教授把座駕駛離法院，才一小段路，便留意到前方人行道上有一個熟悉的身影，在雨傘之下相當狼狽。

天文台剛發出黃色暴雨警告，雨點如冰雹落到地上，水花四濺，把徐醫生半截褲管都弄濕了。她焦急地留意經過的車輛，向每一輛計程車招手，但這種天氣，只換來計程車決絕的回應。

霍教授切線慢駛，停下。

徐醫生發現面前一輛「賓士」慢駛過來，靠路邊停下，一看，是霍教授的車。車窗放下，霍教授探頭問：「Cherry，回醫院嗎？上車吧。雨真大。」車門的鎖「卡」的解開了。

徐醫生閃身竄進車廂裏，雖然回到母院已有一個多月，但現在確實要回龍頭醫院處理一些檢驗的「手尾」和研究事宜。

「來我們醫院工作，習慣嗎？」霍教授打開話匣子，關心的問。

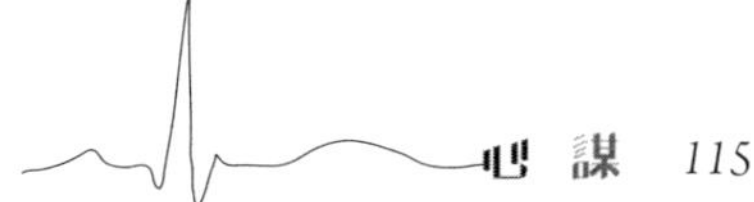

徐醫生心想，教授位高權重，大概不知道兩個月前她已完成半年的實習期，她不急於澄清，有點答非所問：「這裏教曉我許多東西，叫我大開眼界。」

霍教授明顯對這引子不感興趣，像沒聽進去一樣，話題就轉到死因研訊：「崔雄的死因，該有結論，後天輪到你負責解剖的病人，準備好嗎？」明日是清明節假期，休庭一天。

「沒問題吧，剖驗報告都處理好了，再整理一遍要說的話就行。」

「說得對，認真整理供詞，把要說的話堅定地表達出來，就容易說服人。可惜我今晚要起程往三藩市開會，無法看你表演啦。毛霉菌的死因研訊，覺得怎樣？」霍教授問得漫不經心。

「代表藥廠的律師咄咄逼人，不好處理。有時問題聽不明白，又怕跌進陷阱。」話剛出口，徐醫生就後悔極了，這樣說豈不把藥廠和自己對立起來？霍教授與藥廠關係密切，自己的話會不會令她不悅？

雨下得兇，雨刷急促地左右擺動，活像她的心情，忐忑不安。

霍教授是聰明人，理解徐醫生的意思，帶着教導口吻說：「其實也沒什麼，最重要是弄清楚死因研訊的目的。各人把看到的事實陳明就是了，宣誓詞中『所見之事實的全部』有時並不等於事件的全部，你看到什麼就說什麼，不就行了嗎？沒有人擁有絕對的真理，藥廠想看到的，和我們未必一樣，但這不難理解，回答問題時，只要嘗試站在他們的角度，便容易得多。」

傾盆的雨珠，使勁地打在擋風玻璃上，雨刷在眼前來了又去，景象清晰須臾又再模糊不清。

徐醫生看不透霍教授的意思：「真高深。只是我的立場和他們的不同，為了本身利益，避過賠償，扭曲事實，這點我不認同。」想不到原來自己對不公義的事情，會如此不忿和固執，但在霍教授面前，這是否太意氣用事呢？她暗地提醒自己，慎言。

「站高一線看事情，慢慢就學會怎樣處理。」

「所以我說，霍教授確是個高人。」徐醫生一方面暗諷她高高在上，另一方面表示自己無法做到。

紅燈前，霍教授瞟她一眼：「你畢業沒多久吧？」

「三年多。」

「很年輕啊！」不知怎地，徐醫生竟聽出背後的「少不更事，乳臭未乾」來。

「曾在內科門診看病嗎？」

徐醫生心想，糟！霍教授又要訓話了。每次和霍教授對話，

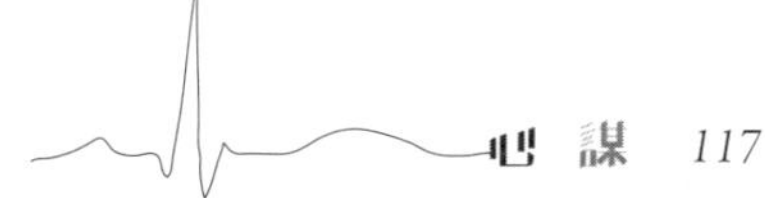

總是格格不入，找不到共同話題，傾談時有一句沒一句的，像猜心遊戲，弄得人好累，很不暢快。

眼前又矇矓一片，徐醫生客氣地回答：「四年前實習時試過，那裏真是人山人海。」用「人山人海」一點也不誇張，因為病人多得連站的位置也沒有。

「我想以你的性格，該被病人讚賞過吧？」

「只要多給病人半分鐘講解病況，他們都會感激你。」徐醫生很懷念那段和病人交往的日子，他們用最真誠的表情和言語去道謝，有血有肉；現在殮房的工作，冰冷得多，無論如何超時剖驗，都無法贏取「病人」的道謝。

「很多年前，我剛畢業不久，和你一樣，曾在內科門診服務。我不是自誇，病人確很喜歡我，復診時還要求坐到我的候診室外等候。」

「霍教授一定是個好醫生。」雖然如今狀況不同了，但徐醫生相信，霍教授該曾經是一名用心為病人的好醫生。

「哈！」霍教授轉移視線，觀察路面情況，搖頭道：「是不是好醫生我不知道，但總算受病人歡迎。不過，你想想，一味為病人，就是好醫生嗎？」

冷不防這一問，也記不起為何話題扯到這裏，徐醫生怔住了。車子拐彎，水花濺到路旁，彷彿她也被冷水潑着。

霍教授似乎並不在意徐醫生的答案，她校正方向盤，繼續說：「病人坐在門外等我，也許因為我用心診病，又為他們清楚解釋病情，甚至告訴他們藥物的副作用、醫治方案等，他們提出的問題，我都一一作答。之後我發現，我總是最後一個離開門診部上病房巡症的醫生，每次門診後，病房滯延的工作特別多，留在醫院的時間也比人長，但病人滿足的神情，叫我認為一切都值得。」

「醫生可以幫助病人，自己也滿足，是工作的最大動力。」徐醫生深表同意。

「直至三個月後，我和門診的護士閒談，才知道門診開始前，護士會把復診的病人平均分配給註診的醫生，但每次我見的病人最少，沒趕及接見的就分流給其他醫生，由他們幫忙處理，只有這樣，醫護人員才可以按時下班或午膳，並騰出時間和地方給下午的門診部。唉，每個制度有它的法則和最理想的運作模式，而我卻破壞了整個門診的平衡，怎麼我從沒留意到？許多醫生樂意幫我，令我感動，但我竟為了贏取病人的喜歡和自我滿足，「盜取」同事的時間，犧牲他們與病人溝通交往的機會。之後，每當有病人公開稱讚我，或寄來道謝卡，我就感到心虛，要是護士把道謝卡貼在公布板上，我就更慚愧，像獨攬所有功勞似的。」

徐醫生恍然，難怪門診醫生總是板起面孔，只顧衝衝衝。

車子駛進醫院的停車場，霍教授諄諄告誡：「話說得多了，

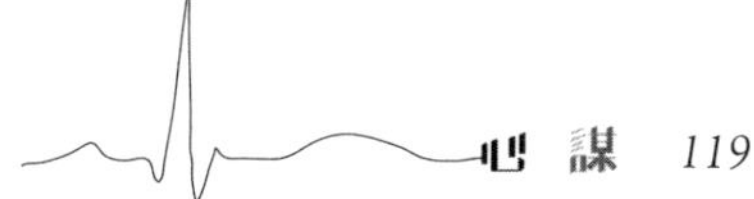

對不起。其實一個人，畢竟是大環境的一員，許多時很難置身事外，也不該只顧自己。我們要尊重已建立的制度。」

「霍教授的意思是——」徐醫生給弄糊塗了，望着霍教授扭動方向盤。車輪子磨蹭地板，發出吱吱聲響，跟自己一樣不安。徐醫生心想，真會拐彎抹角，怎麼會從死因裁判扯到這裏呢？

我要盡可能地維護人的生命。

11

「哈！」在職員餐廳裏，徐醫生嘰哩呱啦的，把遇上霍教授的事說了一遍，肥朱揶揄她：「你真是牛皮燈籠！」

趕回醫院時，正值午飯時間，我跟楚醫生、肥朱和徐醫生同桌，徐醫生委屈的說：「霍教授的話太高深，我真的聽不明白，很遲鈍耶！」

楚醫生追問：「霍教授怎說？」

「她斜望我一眼，表情有些僵硬，一副絕望的樣子，像對着一個白痴！說什麼死因裁判也一樣，只要站得高，就看得遠，看得廣。崔雄的死如此，宋明清的死也如此。」

楚醫生不屑的重複：「什麼崔雄的死如此，宋明清的死也如此。兩個病人，根本不一樣。」

我納悶，提出意見：「今天霍教授和司徒教授的供詞，顯示崔雄是癌症擴散致命，與安本胺基無關。我猜，她是想我們也朝這個方向推想，這樣就能顧全各方利益。」

楚醫生立即接上：「我看蘭陽藥廠有巨額資助霍教授和司徒教授的研究，才是關鍵。」

徐醫生深呼吸一下：「千絲萬縷，好不複雜啊。難怪霍教授要我站高一點，看遠一些，多方思考，別胡亂判斷死因。」

楚醫生半開玩笑，說：「霍教授這樣算不算妨礙死因研究的公正？」

「我倒覺得沒問題，她說的每一句話都政治正確，沒有越界。」肥朱豎起食指，像訓誡般向各人點一下，「言者無心，聽者有意，是我們想多了。明白嗎？」

「站在這高位，說話比人深奧，少一點智慧也難以溝通。」徐醫生開始明白霍教授的意思，顯得坐立不安。

楚醫生拍拍胸膛：「Cherry，不用緊張，我絕對支持你！」

「我也支持你 —— 不住。」肥朱湊近楚醫生，低聲的說。

我對徐醫生說：「只是，我們還得向死者負責。人死了，如果我們不為他們說話，他們便無從發言。霍教授、司徒教授和藥廠

的利益，都不應該左右我們研究死亡的真相。」

「真的不用理會嗎？像牽連很大呢！」徐醫生躊躇。

「你忘了上次宋太離開殮房時對我們的期望嗎？我們不能辜負死者，這是做醫生的責任！」我提醒徐醫生。

看到大家猶豫的眼神，我想起醫學院必修的醫學宣言，就問大家：「還記得世界醫學協會的『日內瓦宣言』[4]嗎？」

日內瓦宣言是「希波克拉提斯宣言」（The Hippocratic Oath）的現代改良版。希波克拉提斯宣言是一則醫學宣言，蘊含醫學倫理中最核心的思想，醫學院每一個學生都讀過——憑良心和尊嚴從事醫業，做一個維護生命、人道的醫生。每回重讀宣言，便是一次提醒、一次重新立約。

刻下，他們三人六目交投，面面相覷。離開醫學院好幾年，宣言的一字一句早忘得一乾二淨，楚醫生和肥朱低下頭，我還以為他們感到慚愧，卻原來是望着桌上的 iPhone 按了又按，然後滿足的向大家展示宣言的內容，徐醫生挨近肥朱，把手機搶過來，你一言我一語的讀着。

日內瓦宣言有點長，待他們唸完之後，我才說：「宣言不是說，『准許我進入醫業時：我鄭重地保證自己要奉獻一切為人類服務……我將不容許有任何年齡、疾病或殘障、宗教、民族、性別、國籍、政見、人種、性傾向、社會地位或其他因素的考慮，介於我的職責和病人間』嗎？我們的病人，正是死者，我們不該讓任何考慮，阻礙我們服侍病人，別顧忌太多。」

聽到這裏，眾人垂下眼思考，我注視他們說：「代表藥廠的律師不好惹，我們要把宋明清死因的證據處理好，無論安本胺基是否受污染，我們也要盡全力為死者和家屬找出真相。聽罷今早的聆訊，我覺得單憑『傾斜的濃度』去證明宋明清死於被污染的安本胺基，不夠穩妥。」

大家的眼神打着問號，徐醫生更見迷惘：「不會吧？腸胃和安本胺基上的毛霉菌濃度這麼高，仍嫌證據不足？」

我用拇指向自己一指，說：「好，來個角色扮演，我做藥廠代表律師。」就開始模仿着，手托下巴，問：「徐醫生，你剛才強調安本胺基膠囊是病源，你有否詳細檢查肺部，以確定毛霉菌並不是由肺部擴散？你合共檢驗了多少張肺部切片？」

「合共十張。」徐醫生坐直身子，進入狀態。

我竊笑，一副獵物墮入圈套的旁觀相，並揚聲道：「前天研訊的死者崔雄，由香港第一女法醫霍盛慈教授解剖，以她豐富的經驗，也要從五十多張肺切片中，才發現毛霉菌的蹤跡，你只檢查了十張？你肯定自己的解剖檢驗足夠全面嗎？」

徐醫生蹙眉，肥朱和楚醫生心知肚明，看穿我的葫蘆裏賣什麼藥——代表律師會在雞蛋裏挑骨頭，企圖找出解剖未臻完善之

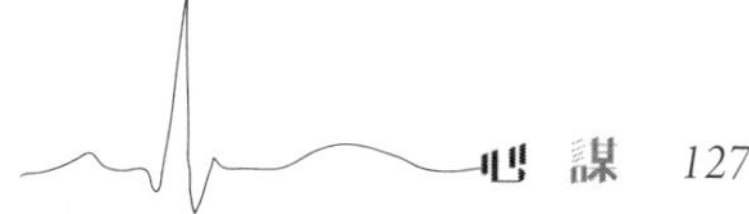

處，藉此全盤否定剖驗結果。

徐醫生兩手叉在腰間，面露慍然，答道：「右肺有三葉、左肺有兩葉，一般的肺部檢驗方式，只需從每葉取樣便足夠，我已特別增加每邊肺葉的取樣，比正常做法多出一倍。」

「好險！」肥朱和楚醫生做出手背揩抹額上汗珠的模樣。

「要知道律師不好惹，這時他會像一頭發現毒品的警犬，咬着不放，再向你發問。」我繼續問：「徐醫生，你如何確定肺部沒有毛霉菌？霍教授的經驗告訴我們，也許當你檢驗了五十，甚至一百張切片後，毛霉菌就會出現。就是說，病人的毛霉菌來源是空氣，吞下痰涎後，污染了腸胃裏的安本胺基膠囊，再經消化系統擴散！」

徐醫生頓時啞然，無法應對。

「況且，衞生署和病理科醫生曾到蘭陽藥廠大規模取樣，在廠房並沒發現毛霉菌。把病人的毛霉菌推給安本胺基，根本是無中生有！」我語氣強硬的下結論，十足律師的咄咄逼人。

「好毒！」

瞬間我跳回現實：「所以，我要重檢解剖發現，也想再研究崔雄的死因。」

徐醫生疑惑道：「崔雄的死因不是很明顯嗎？無法證實與安本胺基有關啊！」

「我認為，這個結論並不妥當，霍教授遺漏了一項重要檢測，我相信會是分析崔雄體內毛霉菌的關鍵。」我把檢驗方向告訴大家。

楚醫生俯身向我湊近：「崔雄是霍教授的病人，你也該通知她，請她再做檢驗，或者可以還死者一個公道。」

我靠着椅背，再一次深呼吸，經驗告訴我，這是不可行，只要霍教授拖拉幾個小時，便會耽誤檢驗，也就無法趕及後天呈堂。

徐醫生説：「如果要找霍教授的話，事不宜遲，她現在可能已經不在醫院，剛才她告訴我要離港開會，只回辦公室取一份講義便走。」

肥朱望着大家，皺起眉頭問：「來到最棘手的問題，誰去問霍教授？」徐醫生作為主理的病理科醫生，肥朱的目光自然停在她身上。

看見徐醫生一面難色，楚醫生拍拍胸膛，自告奮勇，一副「萬事有我」的氣魄：「徐醫生，別怕，我替你去問她！」

我笑一笑，拿起手提電話，為了還崔雄一個公道，要立刻行動。「我來吧，但我相信霍教授未必有興趣再去探究崔雄的死因。

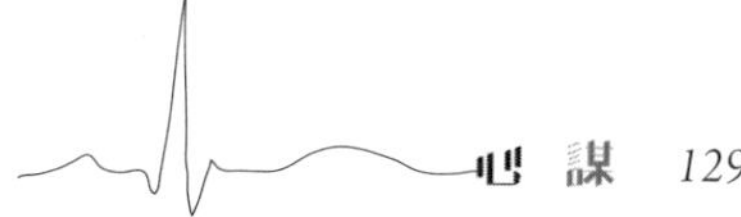

一來崔雄的死已經審結，證人和證據都已出庭，她犯不着再自找麻煩，甚至自打嘴巴；第二，這對她所謂的整個『大局』和『制度』有百害而無一利，她哪會答應？而且後天便聆訊宋明清的死因，她也快離港，根本無法再跟進崔雄的聆訊。」就按下「通話」鍵。

霍教授的祕書Jenny告訴我，她十五分鐘前離開了。

我再撥打她的手提電話，卻轉駁到留言信箱，我留下名字就掛了線，隨即向大家報告：「看來我沒時間再跟霍教授討論，現在得趕快行動，在庭上把宋明清、崔雄和張有的報告一併呈報。」

肥朱裝出誇張的表情，發出顫動的聲線：「明知山有虎，偏向虎山行，你……你要硬闖？跟霍教授和冷麪對着幹，豈……豈不是太危險？你……你不想在龍頭醫院活了？」

楚醫生推一把肥朱的後腦勺，深思了一會，向我表示支持：「其實我們並不是跟教授們對着幹，只是試着把三宗案件一併處理罷了。」

徐醫生嚥一口唾液，附和道：「也是。我們這樣做，或許是給霍教授一個下台階，如果要她自我引爆錯誤，不就更丟臉？」

肥朱插嘴：「現在誰對誰錯尚未知曉，或者崔雄的死真如霍教授的結論，與安本胺基無關呢！」她望向我，臉一拉，咂一下舌頭：「只是如果檢驗證明她真的錯了，將來她翻查報告，知道你越組代庖，替她的病人檢測，到時就不得了！為一個死人得罪霍教授和冷麵，還有藥廠，影響你將來的發展，這代價會不會太大？」

代價會不會太大？公義從來就不是廉價品，它的代價，一直是我裹足不前的原因。我喝一口檸檬茶。其實，今早聆訊完畢離開法庭時，我就考慮過當中的利害，但正是宋太把一切交託給我的眼神、真相對一對母子的重要性和雯的一通電話，改變了我。

我反芻宋太的寄望和雯學生的話，重新肯定自己的使命——把剖驗的焦點調校到死者身上，不可以辜負死者。其他的，不必想太多，且也想不來，上帝自會保守，祂不是應允萬事都互助效力，叫愛神的人得益處嗎？

我舔一下嘴唇，苦笑道：「放心，我會小心處理崔雄的死因，該不會有事的，而且，事情也未必那麼嚴重。」這也說不準。自從鄒靈一案（編按：詳情請閱《移兇》），我和霍教授之間一直有嫌隙，至於司徒教授，也因一份文獻把關係鬧僵了，但我倒覺得沒什麼，我問心無愧。

為了讓他們安心，我一再強調：「我只是從宋明清一案，『順便』檢驗崔雄和張有的個案，從這點出發，希望霍教授不會太介意。」為了病人，這也算是「靈巧像蛇」的體現吧。

徐醫生還是放心不下，像為我的前途憂心：「這實在有點牽強。你不怕壞了大局嗎？」

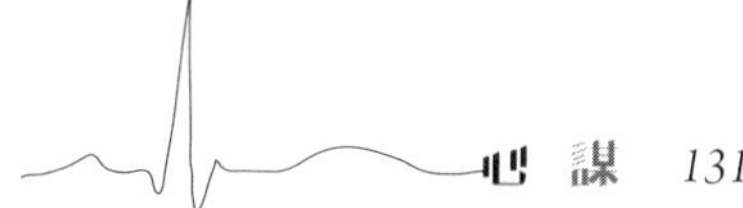

我哈的一聲：「大局？我也得做好本分！醫生、藥廠的利益，總不該凌駕在病人的利益之上，我站的位置，只讓我看到死者是最弱勢的一羣，他們連發言的機會也沒有，而我們的工作，正是為他們發聲。」

肥朱點頭，像想起什麼：「像首名死者張有，化驗前我翻閱了他的病歷，發現他是獨居長者，住在老人院，無親也無故，申領綜援。如果我們不幫他，他便無法發聲，尋求公義。」

「嘩，這些你也顧及了，『全人醫療』，肥朱，我服你！」楚醫生擊節讚賞。全人醫療，就是除了治療病人的疾病外，也顧及他們的心理需要、家庭和社會資源，全面地評估醫治方案，促進康復。

我認同肥朱，於是補充説：「如果只為顧全什麼大局，而忘記為病人謀福祉這個最根本的使命的話，實在對死者不公平，也有違我們的專業。平衡大局，還是留給在高位的人去做吧！」看看錶，「糟，快兩點，現在真要平衡大局了，我兩點鐘要開『死人會』，請你們幫忙檢驗，直接用我的名義好了，日後霍教授要追究的話，就由我來擔當。」「死人會」是醫院定期舉行的大會，各部門都派代表參加，分析過去半年醫院需要解剖的死亡個案，比對剖驗結果和臨牀徵狀，從中學習，並改善醫療質素。

我抹乾淨嘴角，擦擦手：「我會通知何 Sir 更新證據。楚醫生和朱醫生，你們有三名死者的毛霉菌樣本和安本胺基膠囊，麻煩你們準備好後，送來病理部的實驗室，留待我今晚進行測試。時間緊迫，謝謝大家。」

呷完檸檬茶，我站起來：「呀，徐醫生，要是你今晚佳人有約，可不必勉強，我做好報告後明天再抽空和你討論。你能來一起研究當然最好，畢竟你要在庭上解釋結果呢！」

嘉薰醫生放下支付星洲炒米的錢，匆匆離開。為微小的羣體發聲，活出使命，徐醫生覺得嘉薰醫生的見解，比霍教授所說的「大局」來得更親切，更有意思，不禁打從心裏欣賞他的勇氣。

楚醫生和肥朱也揩揩嘴角，準備離席趕回實驗室，卻見徐醫生咬着唇，眼珠骨碌碌的轉動，言辭誠懇的說：「Donald、肥朱，我有一個建議……」

*　　　　*　　　　*

深夜快兩點，病理部的實驗室依然燈火通明。

雷暴警告除下，雨勢雖然稍為緩和，但仍綿綿密密如花灑下的水，路旁的街燈疲累得彎着腰，目光顯得呆滯，雖仍堅守崗位，不眨一眼的注視路面，眼角卻隔着雨絲，偷望實驗室內打拚的嘉薰醫生和徐醫生。

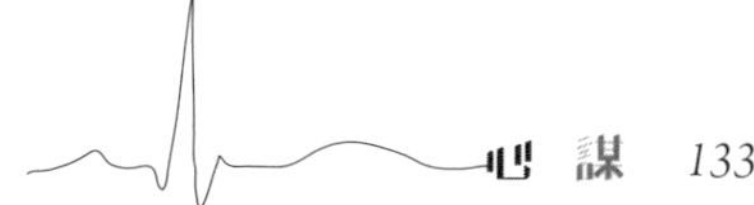

街燈昏黃處，是一條條傾斜的雨線，欲斷還亂，恰似她和龍頭醫院的關係——人已離開，卻又藕斷絲連，一再容讓她牽動自己的心情。

深夜，玻璃窗是一面鏡子，離開街燈的昏黃光暈，映在窗面上的，是實驗室明亮的倒影。徐醫生戴着膠手套，正用移液管抽取試管內的樣本，眼角愣愣的偷望倒影中的嘉薰醫生。

嘉薰醫生坐在偌大的桌子旁邊，桌上靠牆一邊豎立了三個燈箱，他把底片掛在燈箱上，手托着腮，腦袋專注地分析鋪陳在眼前的數據和圖譜。燈箱映出的光線，把他的面龐和上半身照得通亮。他不時拿起筆，在數據和圖譜上打圈作記號，把底片拿下、換上，又重新比對一番……一副聚精會神的樣子。

這張沉默的臉和思考的神情，儘管已經看過幾百回，烙在腦中如印記，卻仍叫徐醫生的目光不願稍有偏離。

「嘟——嘟——」手提電話的鈴聲響起，徐醫生回過神來，把試管放下，聽到嘉薰醫生在背後輕聲回話：「……差不多了……嗯，快兩點？天，忙得時間也忘了……你改簿也要注意身體……是，我會送她回去，一個女孩子這麼晚搭的士始終不放心……我再給你打電話，可能差不多三點，你還沒睡吧……明天約中午十二點比較好……」

嘉薰醫生整理好報告，來到徐醫生身邊，見她也完工了，就把剛列印出來的資料交給她，提議一同離開。

徐醫生推説不順路，自己可以乘計程車，但嘉薰醫生堅持送她一程，她不好再推卻，就一起離開。

車廂裏，徐醫生望着朦朧夜雨，寂靜的夜。兩個人都累透了，沒多説話，她反而享受這種狀態，如此恬靜詳和，她放軟身子倚在真皮座位上，舒適又愜意，還不時瞄一眼倒後鏡裏嘉薰醫生的左邊面龐，溫馨和親近的感覺不期然萌上心頭。

公路上車輛疏落，車子在高速公路飛馳，她希望車速別太快，也冀望前面的路永遠沒有盡頭，好讓她一直待在他身邊。

徐醫生靜靜的坐在副駕駛座，回憶過去與嘉薰醫生共事的日子，心就失控地猛烈跳動，不禁湧出溫馨的感覺。究竟在他眼中，自己是個怎樣的人呢？可愛嗎？有可能是一對嗎？每當沉醉在這種甜甜的滋味時，理智會在轉念間灌下一盆冷水，把她從白日夢中拉回來。別再胡思亂想，她在説服自己，如果不是雯的提醒，嘉薰醫生也許不會送你回家。徐月心呀徐月心，你別自作多情，嘉薰醫生對你體貼，是因為雯，他是屬於雯的。徐醫生望一眼側鏡，心裏不禁一沉，看你，雙眼欠缺神采，沒雯的明亮，下巴不夠尖，鼻子不高，頭髮也不烏黑，嘉薰醫生怎會喜歡你呢？雯細心又溫柔……怎麼一想嘉薰醫生，就老是想到雯？徐醫生托着腮幫子，甩一下頭，使勁地把零碎的思緒抖落，竟換來嘉薰醫生一聲溫柔的慰問：「怎樣？很累吧，快到了。」

車子轉入屋苑的入口，嘉薰醫生把車停在大廈門前，說：「不

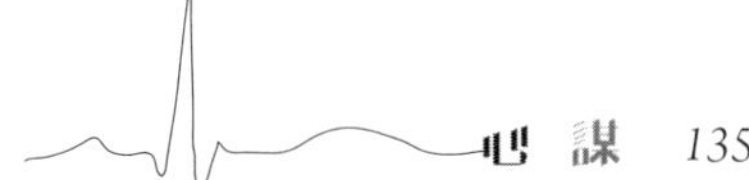

好意思，明天我要去掃墓，不如明天你先把結果整理一下，後天開庭前我們一道吃早餐，再從長計議，好不好？」

「沒問題。今晚資料一大堆，也夠我分析和歸納半天了。後天見！」徐醫生推開車門。

「謝謝。晚了，好好休息。再見！」

「謝謝。再見！」徐醫生把車門帶上，走向大門，一股空虛感和失落感驀地襲來，她按下大門的密碼，好想把這股不快的感覺也一併按捺下去。「嗶——」門鎖開啟，她佇足回頭，想再看嘉薰醫生一眼，向他揮手道別，只見他已戴上手提電話的免提裝置，甜絲絲的說起話來，頭轉了過去，車子也緩緩的駛離大廈。

她眉梢低垂，剛壓下的空虛失落，再次從腳尖爬到心頭。

望向天空，雨下得叫人憂鬱，徐醫生心裏呢喃着嘉薰醫生的話：「晚了，再見！」

晚了，再見！是相逢恨晚才對，她歎氣，望着寂寞的路燈，抖擻精神，告訴自己，這一夜之後，她要振作，把他忘掉。

「嘟——嘟——」iPhone 傳來短訊。

「今晚我當值，知道你剛離開醫院不久，祝途上平安。檢測進度理想嗎？我這邊很好，明天要幫忙的話，隨時通知我。後日我告假一天，到法院撐你。晚安，Donald。」嘴角一彎，她的心再次躍動起來。

即使在威脅之下，

我將不運用我的醫學知識去違反人權和公民自由。

12

早上九點，龍頭醫院行政大樓的會議室內，圍坐着危機處理組的成員，正召開緊急會議。

小組總監司徒教授、病人聯絡主任余姑娘和醫院「安全及品質控制小組」主任鄧醫生，同屬危機處理組要員，每次如此陣容聚頭，都表示醫院正面對嚴峻的危機，需要一羣拆彈專家施以援手。

今早還有腫瘤科主管梁醫生，和年輕的腫瘤科醫生程巧兒。

會議室內氣氛嚴肅，長桌上躺着兩份厚厚的病歷。眾人的目光都往程醫生臉上掃，她的頭微微垂下，焦慮地注視着兩份病歷，惶恐不安，徹夜無眠令她的面容顯得憔悴至極。

入行五年，這是程醫生頭一趟發生醫療事故，她害怕自己的專業資格從此被摧毀。

「程醫生，」還是司徒教授打破沉默：「昨天傍晚危機處理組收到腫瘤科主管梁醫生的通知，發生了一宗嚴重的醫療事故，雖然大家已大略知曉，但你是當事人，請你把整個事件再詳細説清楚，看危機處理組要如何跟進。」

程醫生望司徒教授一眼，目光沿着桌子快速打量各人一遍，最後停在她的上司梁醫生身上。一次過面對幾位位高權重的管理層人員，那股壓力快要把她弄垮，梁醫生向她點頭，眼神作出鼓勵，她就抖擻精神，但面容依然繃緊，語帶顫抖的把事情和盤托出。

死因裁判法庭。

法官首先指示：「徐月心醫生，請你將死者宋明清的解剖報告讀出。」

徐醫生先闡述宋明清的器官病變：「死者罹患的胰臟癌屬常見的腺癌，已擴散至後腹腔及主動脈旁的淋巴腺，右邊肺中葉也發現了兩個直徑一厘米的腫瘤，顯微鏡分析證實為胰臟癌轉移。」

她頓一頓，然後總結病者體內毛霉菌的狀況：「宋明清雖屬末期胰臟癌病人，但體內毛霉菌肆虐，集中在腸道、腹腔和肝腎，解剖後斷定死亡原因為毛霉菌引發的敗血症。我在死者的胃和小腸發現滿布毛霉菌的藥物膠囊，經毒理分析，證實為安本胺基。

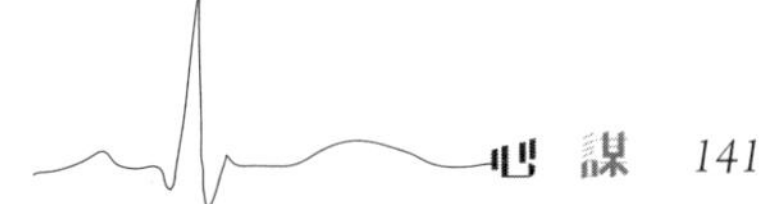

毛霉菌的來源，相信是服食了受污染的安本胺基。」

徐醫生交代完解剖發現，蘭陽藥廠的代表律師像一頭蟄伏已久的餓狼，急不及待的舉手表示要提問。「徐醫生，多謝你的解剖報告。我手上是一份司徒教授當初簽發的『死因醫學證明書』，清楚指出死因為胰臟癌擴散，這似乎跟你對死因的理解南轅北轍，可否解釋一下？」

徐醫生表現淡定，說：「司徒教授簽發的死因醫學證明書，是臨牀的判斷，未經剖驗，而解剖後死亡原因有所更改，不足為奇。況且宋明清感染毛霉菌，是在他死後才得出檢驗結果，司徒教授當時並不知曉，而我掌握更多資料，自然會與司徒教授的見解有所出入。」

「按解剖所知，請問宋先生的胰臟癌屬第幾期？」

「由於肺部的擴散，屬第四期。」

「一個第四期、即末期胰臟癌的病人，他的死亡是否並不意外？」律師咄咄逼人，語氣涼薄，企圖把毛霉菌致命這論點的說服力減至最低。

「儘管如此，從解剖中，我只能說，宋先生的胰臟癌並沒有直接令他死亡，而直接導致他的死，是安本胺基中的毛霉菌引發的敗血症。」徐醫生重申，滿有自信。

「法官大人，早前病理科專家聯同衞生署曾到生產安本胺基的蘭陽藥廠大量取樣檢驗，對毛霉菌皆呈陰性。我認為死者腸胃內的安本胺基本身是清潔的，但服食後受到體內早已存在的毛霉菌牽連，屬『逆向』污染。請問徐醫生能排除這個可能嗎？」律師又拿起手上的解剖報告，翻開，來到「身體表面檢查」一欄，再向徐醫生發問：「據文獻記載，毛霉菌也常經皮膚接觸感染。徐醫生，你在死者腹部是否發現了一些傷口，可能是感染的元兇？」律師做足功課，如餓狼迫近羊羣，準備攻擊。

程醫生嘗試保持冷靜，將事故的來龍去脈娓娓道出。

昨日下午，她收到一份病人的最新報告，從肝臟針刺組織檢查中，顯示病人的肺癌已擴散至肝臟。

程醫生對結果毫不意外，她熟悉這個病人，也跟進醫治他有兩年時間。兩年前當病人證實患上肺癌時，程醫生發現他頸項的淋巴腺輕微腫大，於是抽取細胞化驗，發現是腫瘤轉移。

「由於癌細胞已擴散至淋巴腺，手術也無法根治肺癌，於是我建議用電療配合化療以控制病情，跟病人商量後，決定使用特效的標靶化療藥物『安癌基』。」

「『安癌基』屬自費藥物，每月需要花費兩萬元，病人不算富有，但在幾個兒女的支持下，經濟上總算撐得過去。」梁醫生向病人聯絡主任余姑娘補充説，好讓她了解事件的背景。

程醫生表示藥物的副作用不少，病人也咬緊牙關一步一步的捱過去。「用藥初期，肺的腫瘤略為縮小，可惜最近半年，腫瘤直徑一直增加，預示病情轉差，藥物也無法控制。兩星期前的電腦掃描發現，病人胸膛的淋巴腺和肝臟同時出現腫瘤，我為他安排肝組織檢查，證實是肺癌擴散。」臨牀上，程醫生把病人界定為「無藥可醫」的末期癌症患者。

「昨天我收到報告後，就把這份最新的肝組織檢驗報告存檔，卻竟發現在病歷中兩年前的淋巴腺報告，原來是屬於另一名病人的！我再三翻查記錄，發現……兩年前病人頸上的淋巴腺並沒有癌細胞！我……我當時不小心，看錯了報告……」程醫生聲音哽咽，幾乎要哭出來。

徐醫生冷靜回應：「死者腹部右下方的位置有一個針孔，相信是入院後抽腹水時留下的，雖然針孔附近發現毛霉菌，但我相信那不是源頭。」

「何以見得？」

徐醫生如實宣讀檢測發現：「首先，病理科和微生物科醫生從病房三百二十四處地方和空氣樣本中，都沒有發現毛霉菌，因此病人從醫院的環境受到感染的機會極低。再者，經分析，死者體內不同器官的毛霉菌濃度，以胃部和小腸內的最高，比腹腔、肝臟和腹部傷口的平均高出超過三倍，這『傾斜的濃度』顯示，毛霉菌是由消化系統擴散開去，而不是由傷口『逆向』感染腹腔，再污染腸胃內的安本胺基。」

藥廠代表律師沉默須臾，似在消化這些資料，鍥而不捨的追問：「徐醫生，據我所知，毛霉菌也常經呼吸感染，宋明清腸道和腹腔的毛霉菌，有可能來自病人的痰涎，即肺部首先受到感染嗎？」他嘴角暗地翹起，自以為把獵物套住了。

「雖然毛霉菌多由呼吸感染，但我從上呼吸道，如鼻咽、咽喉、氣管，以及肺部，都沒有發現毛霉菌。」徐醫生強調。

「徐醫生，請問你是否已經詳細檢查死者的肺部，以確定毛霉菌非由肺部擴散？我是問，你合共檢驗了多少張肺部切片？」

余姑娘驚訝的瞪眼，挺直身子，清清喉嚨，再確認一次：「程醫生，你是說，當初向病人解釋的診斷和治療全都錯了？」

安全及品質控制小組主任鄧醫生見程醫生情緒不穩，代為答道：「換言之，兩年前病人的肺癌原本可以手術切除，現在病人支付了幾十萬藥費，病情卻遭耽延，而且癌細胞還擴散了。」

余姑娘搖頭，不解的近乎質問：「為什麼病人的排板裏會誤放報告？誰放的？」

「防止誤放報告當然是我們日後必須要改善的地方，」司徒教授瞄余姑娘一眼，不同意她只顧追究責任誰屬，目光凌厲地

掃視全場一遍，繼續說：「但現在不是深究兩年前到底是護士還是醫生不小心把報告弄錯的時候；作為向病人解釋病情、釐定治療方針的醫生，沒有留心並確認報告上的名字，當然有不可推諉的責任。梁醫生，身為部門主管，你有什麼看法？」

面對危機處理組總監懾人的氣勢，梁醫生也面有難色，戰戰兢兢的回答：「我向危機處理組申報和公開事件，就是想聽取大家的意見，再決定要如何處理。」他猶豫地看程醫生一眼，鼓起勇氣把昨天承諾程醫生的建議向與會者提出：「既然病人如今已證實為末期癌症患者，無法醫治，我想，如果能夠不再刺激他，令他不安，我們是否可以讓過去的過去——」

司徒教授輕輕伸手止住他，示意他別說下去。

合共檢驗了多少張肺部切片？好問題！幸好前天嘉薰醫生跟她來一趟角色扮演，預演了庭上這一幕。徐醫生早有準備的逐一應對過來。

最後，徐醫生坦然承認：「儘管我已加強肺部取樣，仍很難完全排除肺部受感染的可能。」然後，從文件檔案中取出前晚新鮮出爐的報告，解釋道：「不過，最新的分析顯示，宋明清的胃部和小腸的安本胺基膠囊，除了表面滿布毛霉菌，中心部分的藥粉亦含毛霉菌，其濃度嚴重超標二百倍，比膠囊表面和身體任何器官的高出五至二十倍！這表示毛霉菌以藥粉為風眼，由內而外的感染消化系統，再蔓延到其他器官。」

她刻意頓一頓，加強語氣說：「毛霉菌『傾斜的濃度』證實，口服抗癌藥安本胺基的確受到污染。」

律師未及消化這個新報告，怔了怔，徐醫生乘勝追擊，向法官說：「法官大人，我們更由毛霉菌的基因測試中證實，宋明清體內的毛霉菌的確來自這批次的發霉藥物。」

「徐醫生，」法官欲釐清問題：「請你再清楚解釋這個新發現。」

徐醫生點頭，不徐不疾的解釋前晚的發現。

她和嘉薰醫生利用殘留在宋明清腸胃內的安本胺基，提取藥粉的毛霉菌基因，再和不同器官發現的毛霉菌比對，證實兩者基因相同，進一步確認宋明清體內的毛霉菌源自安本胺基。

法官摘下眼鏡，俯身閱讀報告，抬頭問：「報告上還有崔雄的名字，是什麼意思？」

「對，法官大人，根據這份毛霉菌基因圖譜，我一併分析了其他情況相近的病人，經基因比對後發現，崔雄體內的毛霉菌跟宋明清的完全一樣，證明兩人體內毛霉菌的來源相同。」

法官架回眼鏡，頓一頓，再問：「徐醫生，那麼你如何解釋崔雄肺部的毛霉菌？」

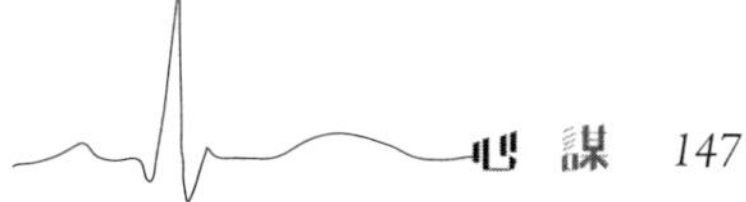

「我翻查過醫院紀錄，發現崔雄生前曾接受霧化的安本胺基治療，因此藥物內的毛霉菌可以直接被吸進肺部。基因測試是最有力的證據，確定死者因使用受污染藥物而造成感染。」徐醫生的總結一針見血。

「我認為院方不把真相告訴病人，有違醫德。醫生這專業有特殊的道德責任，去保障病人權益和堅守專業誠信。這年頭，什麼事故都被要求申報公開，如果隱瞞，日後事件由傳媒挖出來，院方的角色就變得被動，拆解危機時也會遇上很多麻煩。因此，我們必須以開誠布公的態度去處理每次事故。」身兼副院長的司徒教授説得斬釘截鐵，沒有商量的餘地。

余姑娘點頭表示認同，旋即接上話：「我想，在承認錯誤前，我們先要諮詢法律意見，因我們的疏忽，延誤了病情，更造成病人經濟和精神上的損害，這大概是一宗無法抗辯的醫療事故，醫生和院方都要為賠償作出準備。」

司徒教授瞄了瞄余姑娘，又一副不甚同意的樣子，說：「賠償根本不該是我們首要的考慮。醫學倫理強調的，是醫生的道德責任甚至要凌駕於個人利益之上，這是社會的期望，也是必須捍衛的原則。」

對於司徒教授對公義的堅持執著，大家都噤若寒蟬，鄧醫生也附和：「我絕對同意。以前我們也遇過一些嚴重的醫療事故，為病人帶來無可逆轉的傷害，但意外地，當醫生願意勇敢地承認錯誤，危機處理組跟病人和家屬好好溝通，向病人道歉，並落實改善方法，以防止同類事件再發生時，不少病人都表示諒解，有些訴訟在庭外和解了，有些甚至不控告我們。最差劣的處理手法，就是刻意隱瞞，迴避責任，這令病人與醫者之間的信任破裂……」

司徒教授看見有人認同他，微笑的對程醫生作出總結：「程醫生，在醫療事故中，要做到公平公開公正，需要無比的勇氣，甚至有所犧牲。但我想，是值得的，這也可以成為日後改善制度的借鑑。」像要給一個乳臭未乾的小孩循循善誘似的。

基因測試成了最有力的證據，直指崔雄和宋明清體內的毛霉菌源自安本胺基。此刻，藥廠代表律師像野狼遇見最強悍的獵人，垂頭喪氣的再沒發動攻勢。

法官眉一揚，從枱上取出另一份報告，問：「徐醫生，這報告又是什麼呢？」視線從眼鏡框下掃過文件。

徐醫生點頭，再小心審閱一遍，說：「我們也抽取了另一名死者張有糞便樣本中的毛霉菌基因，進行比對。」

「結果如何？」

徐醫生答道：「張有糞便樣本中的毛霉菌基因，與受污染的安本胺基並不一致，顯示來源並非受污染批次的藥物。」藥廠代表律師的背後像冷不防被拍擊一下，垂下的眼瞼猛地揚起，望向徐

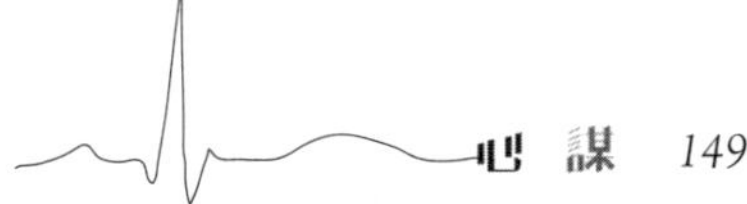

醫生，一臉錯愕。

徐醫生明白各人的疑惑，繼續說：「暫時只能估計，死者可能曾經吃過不潔發霉的食物，或因吸入性肺炎併發消化系統感染，由於病人沒有進行剖驗，毛霉菌的源頭將是一個永遠解不開的謎。」

*　*　*

徐醫生離開證人席時，我跟她握手，恭賀她順利完成作供，解剖全面而透徹，把問題闡釋得深入淺出，表現成熟自信。她兩頰緋紅，帶點羞澀的嫣然一笑。

死因聆訊審結，我、徐醫生和楚醫生如釋重負，幾個月的辛勞終於落幕。雖然蘭陽藥廠在突擊巡查中沒有發現受污染的藥物，但透過毛霉菌「傾斜的濃度」和基因測試，確定抗癌藥安本胺基受到污染，宋明清和崔雄兩人更因藥物感染致命，藥廠難辭其咎，相信未來將要面對賠償訴訟。

法官認為安本胺基的生產線確曾受污染，所以蘭陽藥廠要為生產不潔的藥品負責，日後必須落實嚴格的製藥品質監控，包括加強微生物檢測及監控、縮短製藥期間藥品的擺放時間、控制溫度及避免使用粟米澱粉製藥等，防止悲劇重演。

幾經波折，這宗醫療事故終於真相大白，法官宣讀判詞之後，我看見宋太兩母子也從繃緊的神情中放鬆下來，罕有地露出微笑。不幸中之大幸的是，安本胺基屬正值研究的新藥，醫院並無存貨，藥廠也沒大量生產，只兩個病人受影響而已。

只影響兩個病人？一批受毛霉菌污染的藥物，竟只有兩人受影響，真令人難以置信。不過，既然醫院紀錄的確如此，而該批次藥物亦已報銷，我便得接受這個「事實」。

步出電梯，走向法院出口，炫目的陽光灑在大門前，白花花的如一把利刃，守候在外的大批記者頓成了黑壓壓的剪影。宋太和兒子被記者團團圍住，我經過時，聽到她說歡迎法院的裁決，下一步會徵詢法律意見，預備循民事索償，保留控告和追究藥廠疏忽的權利，更要求藥廠公開道歉。

那邊廂，藥廠也急於發表聲明，向家屬致以深切慰問，又強調今次事故屬個別事件，但承諾會繼續改善生產質素，加強監管，保持藥物衛生。

楚醫生、徐醫生和我三人相視而笑，入稟索償長路漫漫，但這該是很陽光的第一步。我不清楚當霍教授知悉我們測試毛霉菌基因後的反應，但此刻我並不在乎，因為我知道——惟耶和華坐着為王，直到永遠，他已經為審判設擺他的寶座，他要按公義審判世界，按正直判斷萬民。

我舉目望天，白雲如絮，心裏暗向宋明清道謝，他以自己的軀體捍衛真相，揭發這宗嚴重的醫療事故，也促使藥廠改善製

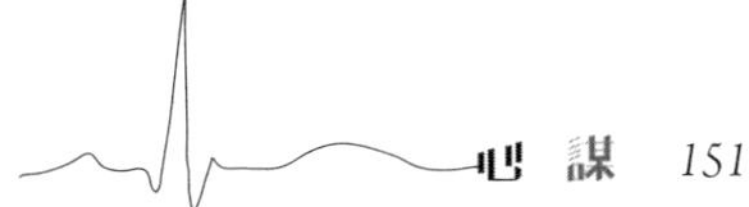

藥流程。我想，要做到公平公開公正，需要極大的勇氣、付出，甚至有所犧牲。宋明清的死固然令人惋惜，但他為妻兒留下賠償金，又使藥廠認真改善環境，造福病人；一如宋太的願望：「真的這樣就好了。我先生被送來運去，捱這一刀也是值得的。」

第二天，報章大肆報道了裁決。意外的是，霍教授回港後並沒有向我大興問罪之師，往後大家碰面，也沒再提及這事，彷彿什麼也沒有發生過似的。

也許她太忙了，又或是蘭陽藥廠給她的資助只是個小數目。想當初，我們是否顧慮過多，抑或誤解了霍教授？可能她並不在意審訊結果，至於她在車上跟徐醫生的一席話，恐怕是我們想多了！

無論如何，我沒再深究，便由得件事過去，相信這就是《聖經》所說，只要對神有確實的信心，做合乎上帝心意的事，盡上本分，神就會親自成就美事，祂會使萬事都互相效力，叫愛神的人得益處。

我鄭重地，自主地並且以我的人格宣誓以上的約定。

——日內瓦宣言

13

毛霉菌奪命案審結，楚醫生和徐醫生離開死因裁判法庭時，並肩而行，滿有默契的向着前方的連鎖咖啡店走去。

徐醫生要格雷伯爵茶（Earl Grey），楚醫生點了北海道牛乳抹茶，就找一處安靜的位置坐下。

還有一件事等着徐醫生去完成。

她取出筆記型電腦，輸入密碼，上網開啟電子郵箱，就和楚醫生設計了一封電郵。

他倆重閱電郵一遍，滿意後按下「傳送」鍵，徐醫生隱隱呼出一口氣，從繃緊的狀態中釋放出來，毛霉菌事件該大功告成吧。合上電腦，她和楚醫生擊掌，楚醫生關心她回到母院習慣否，又問她會否懷念龍頭醫院。

徐醫生擠出一張笑臉，答道：「當然懷念啦，龍頭醫院有很多好醫生，教曉我許多事。」話說出口，連自己也覺得言不由衷。

但那垂下又揚起的閃失眼神，還是把她出賣了。楚醫生哈的一聲，把幼細的飲管插進北海道牛乳抹茶裏，說：「真是標準答案！」

「好吧，說實話，我相信我會懷念你的！謝謝你，Donald，真的謝謝你給我的幫忙，沒有你，這案子真不知會怎樣。」徐醫生由衷的說。

「嘩，你說得這麼誠懇，我好不慣啊！從來只有我對女孩子才這樣認真。」

「你將來一定可以找到對你認真的女孩。」

「也許是吧。」楚醫生指着徐醫生面前的伯爵茶，說：「只是，Cherry，我會喜歡上伯爵茶，可惜你不愛牛乳抹茶，卻偏偏暗中喜歡檸檬茶。」說罷，還向她擠了一個鬼臉。

徐醫生的睫毛微微震動，露出大感意外的表情，看着楚醫生。她一直以為自己把這份祕密的戀慕收藏得牢牢的，冷不防在這刻被人道破心事。

「Cherry，我記得大約半年前，你曾和我談及『香港肝手術』的事。你是從那一刻開始，不再欣賞司徒教授吧？」楚醫生的問

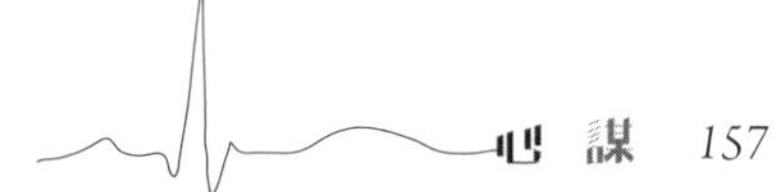

題，如手術刀緩緩的剖開徐醫生的心，她無處可逃，尷尬的微笑點頭，不好否認。

*　　　*　　　*

半年前，龍頭醫院殮房裝修，殮房主任不知從辦公室哪個角落，發現了一箱只用了單面的環保紙，於是把紙箱捧給徐醫生，「知道徐醫生你是個環保之人，拿去用。」他解釋。

幾天後，徐醫生利用這箱紙列印一疊文件，就翻到背頁準備刪掉沒用的資料，但上面的文章卻令她心生好奇。

那是一篇近乎完成的文獻稿子，上面印有「陳嘉薰」，這名字有一種魔力吸引她，既然紙張已經報廢，該可以隨便看吧？讀下去始知道，是一份關於「香港肝手術」的解剖研究，文章內容很熟悉，因為幾乎每個新入行的病理科醫生，想認識「香港肝手術」的解剖發現的話，都會參考這文獻。

她端詳文稿上的日期，感到不大對勁，好早以前的稿子呢！但印象中，嘉薰醫生並不屬於文獻的研究團隊，於是找來已經發表的文獻作一對照，進一步認定霍教授和司徒教授兩人從中作梗，將研究結果改頭換面，以迎合自己的好處。

她本想為嘉薰醫生抱不平，或和他討論如何揭發兩位教授偽善的一面，但又覺得擅自看人家的東西有點缺德，況且已經是多年前的事，幹嗎要再挖出來？或許嘉薰醫生早把事情處理妥當。於是就把這件事悄悄的留在心裏。

兩星期後的一個下午，她在殮房撰寫解剖報告，楚醫生正好經過，和她搭訕一番，看見案頭的排板，知道死者是一個曾接受「香港肝手術」的病人。

這喚醒了他某段沉睡已久的記憶，「嗯，『香港肝手術』，你有興趣的話，可以請教嘉薰醫生，幾年前他做了這方面的詳細研究，應該有很多心得可以與你分享。」

「你也知道？」徐醫生的「興趣」真的來了。

「那年我剛入行，嘉薰醫生問我有興趣一起研究『香港肝手術』沒有，但因我要到其他醫院實習而告吹。之後跟他談起，原來他搜出不少個案，還捱了好幾晚通宵，分析研究後卻遇上一些阻滯，我也不清楚報告最後發表了沒有？」

徐醫生在互聯網上鍵入相關字，那篇文獻在指尖之間出現眼前。

「啊，原來由霍教授和司徒教授發表了！」楚醫生詫異之餘，有點失望。

*　　　*　　　*

楚醫生又呷一口牛乳抹茶，眼光凝視遠處，彷彿半年前的情景重現眼前。「當時我還以為霍教授捷足先登，搶在嘉薰醫生之前發表了同類研究，直至看到你手上的原稿，才相信司徒教授和霍教授的勾當。」

徐醫生把電腦放回袋裏，說：「那天我們齊齊為嘉薰醫生氣憤難平，又談了不少司徒教授和霍教授的所作所為，還一起吃晚餐呢！」原來大家同仇敵愾，有共同話題，她方發現楚醫生是個值得交的朋友。

那晚之後，對徐醫生來說，文獻的事像告一段落，但楚醫生卻常常暗地念記那天，因為半天的傾談，令他發現，徐醫生是一個很可愛的女孩，笑靨上有酒渦，還有醉人的臉。

「那天，你解剖宋明清後，拿着好幾袋從胃和小腸發現的膠囊到毒理部，氣憤的告訴我，是司徒教授的處方，請我化驗。我就知道，你對司徒教授仍然心存芥蒂。你用心解剖，除了要找出真相，大概還為了嘉薰醫生，想要為他出一口氣，嗯？」

「Donald，拜託你別這樣了解我。」徐醫生顯得彆扭。「我只為感謝嘉薰醫生的照顧，教曉我許多東西，僅此而已。」心裏卻無法把原因拿捏得準。

「今天你的表現，真的很好，解剖專業，這可不是客氣話。」楚醫生指一指電腦，「原來心中有情，可以叫人堅強毫無懼怕。」還抬一下下巴，一副「不是嗎」的模樣。

徐醫生會意，羞赧的向楚醫生揮出一記粉拳，略帶哀求的語氣說：「你別這麼老套好不好？嘉薰醫生還要在龍頭醫院工作，得罪教授始終不好，畢竟我是其他醫院的人，而且也離開了。唏，約定不好說出去的。」徐醫生伸出尾指，楚醫生也同樣伸出尾指，隔空算是互相勾住了。

雨後綻晴，午後的陽光把徐醫生映照得清麗脱俗，楚醫生的目光和尾指同樣不忍移開。

徐醫生看一看錶，說：「時候不早了。」

「要不要送你一程？」楚醫生喝下最後一口牛乳抹茶，站起來，揚一揚車匙。也許剛才動作太大，他發現自己領帶有些歪斜，於是用領帶夾把它扣在恤衫上。

「謝謝，我想一個人走走。」

「Cherry，你真勇敢，明年要考第二期專科試，霍教授正是考官，你竟不怕得罪她。」

「我可沒想那麼多，我不是一個懂得顧全大局的人嘛！」

「如果明年的專科考試有什麼問題，隨時找我。不，沒問題也可以約我喝茶，唔，這裏的牛乳抹茶很不錯，你不妨試試。」

「我會的。」徐醫生莞爾，「下次約你，一定會記得帶——」

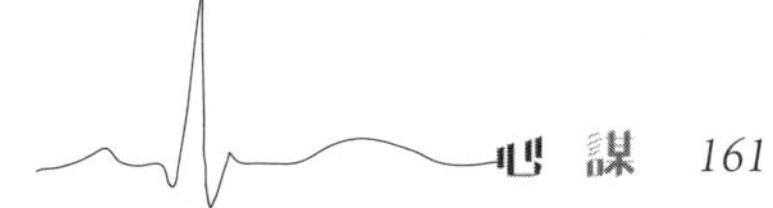

「洗頭水！」楚醫生和她異口同聲的嚷出來，又指着她：「不許忘記啊！」

「Donald，其實你無需如此介懷，真正喜歡你的人，是不會計較外表的。」

「怎麼你比我還老套？」

推開玻璃門，徐醫生揮一揮手：「呀，Donald，告訴你，今天你的領帶很好看，這種暗色的斜紋款式很特別，我喜歡！」嫣然一笑的留下這句讚美，就和楚醫生分道揚鑣，朝相反方向走了。

*　　　*　　　*

三藩市已是深夜，因時差關係，霍教授依然精神奕奕，在酒店房間準備明早研討會的講義。她掀開手提電腦，登入網站，閱讀香港的網上即時新聞。今天該是死因裁判庭對毛霉菌命案作出判決的日子。

她按入法庭新聞，看到這一則報道：

毛霉菌奪命案判決　兩死者曾服用受污染藥物

（生果日報 30 分鐘前）綜合毛霉菌的基因分析，死因裁判法官聽取法醫官徐月心的意見，相信批次 60287 的安本胺基曾受毛霉菌污染，並對三名病人感染毛霉菌作出判決。首名病人張有，從毛霉菌的基因測試中，相信他體內的毛霉菌並非來自受污染的安本胺基，判定死於自然（癌症擴散）。次死者宋明清，因服食受毛霉菌污染的安本胺基後併發敗血症，裁定死於毛霉菌感染（死於意外）。最後一名死者崔雄，同樣是服用受污染的安本胺基後感染毛霉菌，惟法官採納法醫官霍盛慈教授的解剖意見，裁定崔雄體內毛霉菌數量不足以致命，死於自然（癌症擴散）。

當知道安本胺基證實受污染，以及崔雄體內的毛霉菌源自該批藥物後，霍教授惱了。好險，幾乎推翻了她當初的死因判斷，這多丟臉！為什麼有人竟擅自檢驗她的病人？她讀了其他相關的網上新聞，說來說去都是徐月心。嘿！這丫頭真不懂規矩，也太不尊重別人！但曉得利用毛霉菌「傾斜的濃度」和基因分析源頭，手法高明，不像法醫新丁所為，她想起臨上機前收到嘉薰醫生的留言，該是他的主意吧，這人真多管閒事，目中無人，常常為所欲為，回港後一定要教訓教訓他。

這時，電腦右下角傳來新電郵的提示。

她開啟那封徐月心在香港時間下午三時半捎來的電郵。

霍教授：

你好！我剛在宋明清的死因聆訊作供完畢，法庭也對三名病人的死因作出裁決。謝謝你前天在車裏的一番話，提醒我要站得高，要看大局，叫我獲益良多。下車後我反復思量箇中意思，的確，我忘了顧全大局，為什麼我只顧聚焦在自己處理的病人呢？整個死因聆訊不是涉及三個人嗎？於是我把三名感染毛霉菌的死者同時研究，分析他們的毛霉菌基因，證實崔雄和宋明清兩人都曾服用受污染的安本胺基，法庭還採納了這個新發現呢！

由於我已回到濟民公眾殮房，無法親自向你道謝，只好在這裏再次感謝你過去的教導！

徐月心

霍教授的臉青一塊黑一塊的，怎麼自己的話會被這樣解讀呢？這年頭的年輕人，領悟力真有問題，而且不知天高地厚，竟敢越俎代庖檢驗她的病人！於是，她立刻登入實驗室報告的內聯網，想要查看徐醫生和嘉薰醫生還為崔雄做了什麼檢驗。

很快她便發現怪錯了人，原來所有檢查是以毒理科楚醫生的名義申請，楚醫生負責分析全醫院的安本胺基膠囊，擁有大量資料數據，如果找他理論，只會瓜田李下，況且楚醫生隸屬病理部主管潘教授，如果事情鬧到主管那裏，就不值得了。

霍教授心裏發牢騷，「現在的年輕人，做事沒頭沒腦，橫衝直撞，真不像話！」就把電郵刪除，又回到講義上，這是她現在最需要專注的地方。

* * *

向楚醫生揮手道別後，徐醫生深吸一口氣，空氣真清新，感覺也很清新。她心情輕省，面頰被夕陽照得暖烘烘的，好不舒服，臉上禁不住泛起一抹微笑，為今天的表現自豪，一陣滿足湧上心頭。斜陽是溫柔的手，給她一種感覺，叫幸福，曾經有人告訴她，感到幸福不是因為擁有得多，而是想要的很少，而現在的她，兩者都有了。

楚醫生滿足地笑了，他把斜紋領帶套緊在脖子上，一邊欣賞自己的「勇敢果斷」，一邊把玩手中車匙，「叮叮鈴鈴」的清脆聲，像和應着一首輕快的舞曲，他的心情同樣輕鬆。日子過得真好，人彷彿也堅強起來。原來，祕密地為喜歡的人做一件事，感覺真的很酷！

註釋

註 1　闊光譜的抗生素（broad spectrum antibiotics）是指同時有效對抗多種病菌的抗生素。

註 2　斯德哥爾摩症候羣是一種心理學的奇特現象。有些人被俘虜禁錮一段日子後，會對俘虜者產生微妙的感情，不再憎恨俘虜者，反而認同他們的行為，同情甚至捍衛他們。在一些虐待和禁錮的個案中，更有受害者戀上俘虜者。

註 3　安慰劑泛指一些沒有效用的藥物，如糖片、生理鹽水或纖維素等。有趣的是，一些病人服用安慰劑後，竟帶來真實的治療效果，令病情減輕，痛症得到舒緩，這稱為「安慰劑效應」(placebo effect)，又名「偽藥效應」或「假藥效應」，相信是基於病人心理上對康復的期望，因而帶來療效。因此在試驗藥物的療效時，安慰劑成為一個重要的對照，新藥必須通過臨牀的安慰劑對照 (placebo-controlled) 測試，方能獲得認可。當一種新藥的治療效果比不上安慰劑的對照羣組，就代表這藥物的療效存疑。

註 4　1948 年由日內瓦世界醫學協會通過的「日內瓦宣言」(Declaration of Geneva)，是醫者重要的聲明，目的是更新「希波克拉提斯宣言」(The Hippocratic Oath)，令宣言與時並進，更適切回應時代的處境。宣言中，醫生將自己奉獻予人道主義，為病人服務，這對當時納粹德軍犯下的醫療罪行，尤其擲地有聲。經過五次修訂，最後版本為 2006 年於法國迪沃訥萊班 (Divonne-les-Bains) 的修訂。宣言原文與中譯本如下：

At the time of being admitted as a member of the medical profession:
I solemnly pledge to consecrate my life to the service of humanity;
I will give to my teachers the respect and gratitude that is their due;

I will practise my profession with conscience and dignity;
The health of my patient will be my first consideration;
I will respect the secrets that are confided in me, even after the patient has died;
I will maintain by all the means in my power, the honour and the noble traditions of the medical profession;
My colleagues will be my sisters and brothers;
I will not permit consideration of age, disease or disability, creed, ethnic origin, gender, nationality, political affiliation, race, sexual orientation, social standing or any other factor to intervene between my duty and my patient;
I will maintain the utmost respect for human life;
I will not use my medical knowledge to violate human right and civil liberties, even under threat;
I will make these promises solemnly, freely and upon my honour.

准許我進入醫業時：
我鄭重的保證自己要奉獻一切為人類服務。
我將要給我的師長應有的崇敬及感戴；
我將要憑我的良心和尊嚴從事醫業；
病人的健康應為我首要的顧念：
我將尊重所寄託給我的祕密，即使病者已經身故；
我將盡我的力量維護醫業的榮譽和高尚的傳統；
我的同業應視為我的手足；
我將不容許有任何年齡、疾病或殘障、宗教、民族、性別、國籍、政見、人種、性傾向、社會地位或其他因素的考慮，介於我的職責和病人間；
我要盡可能地維護人的生命；
即使在威脅之下，我將不運用我的醫學知識去違反人權和公民自由。
我鄭重地，自主地並且以我的人格宣誓以上的約定。

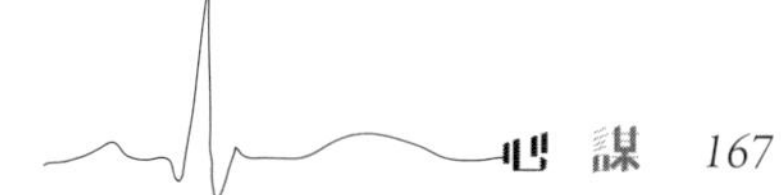

嘉薰檔案

1. 蟄伏的殺手

2001 年 8 月，西班牙一所教學醫院，兩個月內兩位血癌病人先後感染一種罕見的黴菌 Blastoschizomyces capitatus，其中一人死亡。再上一次同樣的黴菌感染個案，已是 1996 年的事。

Blastoschizomyces capitatus 存於土壤、沙石、木材、家禽糞便或奶類食品中，健康的人絕少感染，但白血球下降或血癌病人是高危一族，可以引起皮膚感染、肺炎、骨髓炎、心內膜炎和腦炎，死亡率逾五成。這兩宗個案是巧合抑或另有原因？由於沒有新增個案，事件就不了了之。

一年後的 7 月，同一醫院的血液科部門，十天之內再次出現感染個案，共四宗，患者均為急性血癌病人，其中兩人死亡。事件極不尋常，源頭亟待調查。

醫療研究人員從病房不同位置取樣，在超過八百五十份樣本中，只有一處有所發現 —— 盛牛奶的熱水瓶。

原來醫院病房由 2001 年起使用熱水瓶盛載牛奶，給病人提供溫暖的牛奶，雖然熱水瓶已根據製造商指引，在攝氏八十度高溫下消毒，但仍殘留黴菌，這些黴菌經牛奶進入人體。

其後，醫院再有兩名病人受感染。如果你是醫療團隊的一員，你會如何跟進？

醫院即時停止使用熱水瓶，並分析熱水瓶內黴菌的基因。結果發現，四名病人體內的黴菌基因，與熱水瓶內的黴菌基因吻合，源頭得到證實；至於之後受感染的兩名病人，一人的黴菌來自相同的源頭，另一人的黴菌則屬不同品種。

那麼 1996 年及 2001 年的病人呢？事後醫療團隊追蹤這些個案，發現 1996 年的黴菌基因和熱水瓶的相異，2001 年的卻一樣。這顯示醫院早在一年前起用熱水瓶時已造成黴菌感染，只是個案沒被跟進；一年後的夏天，蟄伏的黴菌捲土重來，再次造成感染。

停止使用熱水瓶後，截至 2011 年的十年內，醫院再沒有發現同類的感染個案。

病菌是隱形殺手，一個成功的醫療團隊，像個大偵探，要心思縝密，抽絲剝繭，並與時間競賽，務求在造成下一趟傷害之前把它揪出來。

（資料來源：Gurgui M, Sanchez F, March F, Lopez-Contreras J, Martino R, Cotura A, Galvez ML, Roig C, Coll P, "Nosocomial outbreak of Blastoschizomyces capitatus associated with contaminated milk in a haematological unit", *Journal of Hospital Infection* 78, no.4（2011）：274-8.

2. 香港藥物風暴

2004 年至 2008 年間，瑪麗醫院僅錄得四宗毛霉菌感染個案，病人都是經呼吸道和皮膚感染，但 2009 年 2 月，監測系統卻在短短三個月內發現三宗腸道感染毛霉菌個案，病人為年齡介乎六至三十歲男性，皆為血癌患者，事件極為罕見。

這是醫院首次從腸道或糞便中發現毛霉菌。

其後，骨髓移植部門另外三名病人的糞便中，亦驗出毛霉菌；為安全計，骨髓移植病房暫停接收新症。由於毛霉菌在攝氏八十度高溫之下待一分鐘便無法生存，院方建議所有病人食用徹底煮熟的食品和飲料，並即時停止使用未經消毒的筷子。

經全港性的病例追蹤，陸續在其他醫院發現毛霉菌感染個案，截至 2009 年 3 月，全港共有八名血癌病人受感染後死亡，年齡介乎六至七十四歲。

大規模的環境取樣、資料分析和整合大量數據後，毛霉菌的源頭相信為血癌患者常服的降尿酸藥——「別嘌醇」(Allopurinol)，由歐化藥業提供。研究發現，別嘌醇的原材料粟米澱粉、醫院庫存及病人剩餘的藥丸均受毛霉菌污染，含菌量超標達一百倍。

十八個月後，死因裁判法庭為死者展開死因聆訊，最終裁定，八名病人中，三人因服食受污染的別嘌醇致死，屬死於意外；

另三人雖曾受感染，但未能證實因毛霉菌致命，裁定死於癌症或器官衰竭（死於自然）；餘下的兩名死者，體內雖含毛霉菌，但沒有證據顯示毛霉菌源自別嘌醇，所以判為「死因存疑」。

死者家屬得悉裁決後，皆表示會向藥廠或醫管局索償。

法官最後向食物及衞生局、衞生署、醫院管理局及歐化藥業提出一系列建議，加強藥物生產過程的監督和規範，防止悲劇重演。建議包括：

一、要求藥廠儘量避免使用粟米澱粉製藥；
二、縮短中段製藥的攤放時間，防止細菌滋生；
三、半制成品須進行微生物檢測及監控；
四、壓製藥丸的溫度由攝氏五十度提升至六十五度，並加熱逾十分鐘以殺菌；
五、儘量以酒精代替水製藥；
六、製藥業須按藥劑條例規範生產及品質監控；
七、對免疫系統被抑制的病人，只可提供煮沸的開水及全熟食物，並避免使用木製食具及壓舌棒；
八、公立醫院要確保使用藥物的質素及安全，並制訂指引為住院的血癌病人提供煮熟的食物，以及使用消毒器具。

完善的監察系統能有效和及早發現異常，加上精密的分析，細心的檢驗求證，就能及時遏止一場藥物風暴。而完善的死因聆訊，除了伸張公義，亦可有效推行措施，避免更多無辜病人受害。

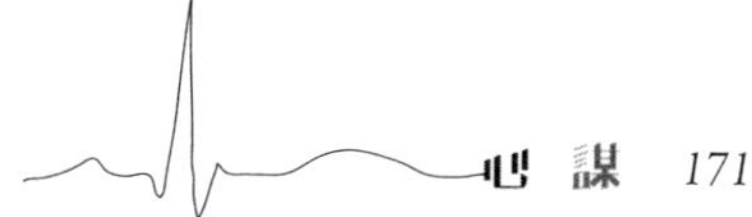

3. 血教訓

2007年11月至2008年2月期間，美國病人對抗凝血劑（俗稱「薄血劑」）「肝素」（Heparin）過敏反應的案例大增，其中伊利諾州一名六十三歲腎衰竭的男子，接受透析治療五天後死亡。經調查，發現透析治療使用的「肝素」受到污染，被加入了人造化學物「軟骨膠硫酸鹽」（Over-sulfated chondroiton sulfate），可引致嘔吐、低血壓、過敏反應，甚至死亡。

單在美國，這次事件共造成超過七百五十名病人嚴重過敏及八十一人死亡，肝素必須大規模回收。這場藥物風暴，稱為「肝素污染災難」（Contaminated Heparin Crisis）。

經美國食品藥物管理局評估和研究，發現受污染的肝素皆來自中國供應商，並已銷往十一個國家，包括澳紐、加拿大、日本和歐洲等地。

肝素為何會受到污染呢？原來肝素由豬腸提煉而成，當時國內發生豬瘟疫，導致豬價十分昂貴，於是中國製造商竟利用人造化學物作為替代成分，結果引起這場災難。

肝素為巴克斯特國際公司（Baxter International）旗下藥物，該公司在美國伊利諾州遭到控告。在庭上公司負責人企圖推卸責任，但證據顯示，該公司為謀取暴利而罔顧病人安全，又沒對中國供應商作出嚴格的藥物監管。2011年6月，法庭裁定巴克斯特國際公司敗訴，須為該名六十三歲男子的死負責，賠償美元625,000。

這次勝訴只是首宗入稟法院的個案，勢將成為先例。目前仍有數以百計相類的訴訟在進行，巴克斯特國際公司日後還要陸續與受害的患者和家屬對簿公堂，為藥物污染的錯失付上沉重的代價。

後記

解剖，為的是要尋找死亡真相；剖驗報告作為呈堂證供，為的是秉行公義。尋真理、行公義，不單是法醫專業的基石，更是人類社會的核心價值。

當個人利益和真相公義出現矛盾，甚至對立時，會有怎樣的故事呢？這問題啟發我創作了《心謀》。《心謀》的腹稿始於 2009 年一宗毛霉菌命案的解剖工作。當日死因裁判法庭上，不同證人對事件持不同取向和態度，藥廠因自身利益強詞辯駁；聆訊期間，頓覺人心叵測，令真相變得迂迴曲折，追求公義真理、替病人爭取權益之路，原來會有這麼多阻撓障礙！我慶幸自己確實看到，有不少人和醫生都為這宗訴訟花了許多工夫，付上不少努力。

整個「毛霉菌奪命案」審訊過程中，絕大部分時間我都坐在旁聽席上，隔岸觀戰，有一刻出神，彷彿置身事外。抽離戰壕，站在風平浪靜的高地，不難搬出「為公義請命」、「為真理付出代價」等豪情壯語，畢竟，每個醫生進入醫學院時，不都是抱着偉大的使命和理想，希望用學來的知識服務病人、造福人羣、減輕疾苦、拯救生命嗎？及至當上醫生，更明白要有道德責任，社會和專業要求我們堅守專業誠信，奉行一套崇高的道德標準——這道德標準甚至要淩駕在個人利益之上。

只是，一旦身處利害關頭，你的底線在哪？尋真相、行公義、好憐憫，這些在每個人心中的分量又有多少？要付出多少，阻力有多大，人就會退縮，放棄秉持的信念呢？好惡亂其中，利害奪其外；人面對善惡抉擇時，容易迷失而不自知，法庭上的證人為己身權益針鋒相對，正邪善惡兩方勢力在抗衡，不單在法庭之上，也在人心之中。

《心謀》的故事可有帶給你多少衝擊？對我來說，書中最大的挑戰莫過於司徒教授和危機處理組面對的醫療事故。設身處地想一想，如果你是腫瘤科的程醫生，當你發現自己嚴重犯錯，這錯失足以令你粉身碎骨，令病人和親屬怒不可遏，但原來你有絕對的優勢可以去掩飾一切，這時候，你真的願意向病人承認過失，擔當所有責任嗎？這不是虛構的情節，現實中類似的事的而且確發生了，那一刻，什麼是專業誠信呢？道德標準、個人利益、病人福祉和公義真理的分量，也就在此一一體現了。

《死亡號外》

作者：陳嘉薰

逾十年，嘉薰醫生從剖驗中發現真相與底蘊，為死人發言。今回他將辣手案件放到一旁，回顧過去與病人死人交手時的點滴，從不同的生命故事中，理出了死亡與生命之間的微妙與張力。是他出道以來一趟生死之旅，當中更為他個人和法醫專業帶來最真實、最顛覆的挑戰。在種種疑問中，嘉薰醫生的信念竟動搖了。但回身一看，方發現生命和死亡並不是一堆數字、一份報告、一起案件。殮房之內，除了專注查明死亡真相之外，也有生命的啟示！

榮獲第三十三屆「湯清基督教文學獎」（文藝創作組推薦獎）

嘉薰醫生電郵：drgavinfile@yahoo.com
歡迎與作者交流